KB059881

온라인 책 모임 잘하는 법

온라인 책 모임 잘하는 법

김민영, 류경희, 오수민, 이혜령 지음

참여자와 운영자를 위한

비대면 모임 노하우

북바이북

비대면 만남은
중요한 소통 방식이다

"대부분의 시간을 홀로 있는 것이 심신에 좋다"라고 말한 헨리 데이비드 소로(1817~1862)처럼 책 좋아하는 사람에게 홀로 있는 시간은 절실하다. 이기주의자보다 건강한 개인주의자로 살기를 원한다. 하지만 오랜 시간 홀로 좋아하는 책만 읽으면 고립될 수 있다. 내 세계에만 빠져 있다는 걸 알면서도 밖으로 나가기 어렵다. 낯가림은 심해지고, 내향성을 앞세우며 새로운 관계 맺기를 기피한다.

'함께 읽기'는 이런 사람들에게 관계의 전환점이 된다.

인간 관계엔 서투르지만, 책 친구와 잘 지내는 독서가가 많다. 책을 좋아한다는 이유로 친구가 된다. 건강한 관계가 그러하듯 책 친구 사이에는 적당한 거리가 있다. 무례하게 사생활을 침해하거나 섣부른 충고를 던지지 않는다. 서로의 생각에 귀 기울이는 '듣는 사이'가 된다. 편견 없이 바라보는 서로의 창이 된다. 책은 수없이 많기에 대화 소재가 떨어지지 않는다. 책 친구를 만나면 혼자일 때는 보이지 않던 시선을 얻으니 새로운 세상이 열린다.

이 책의 공저자들도 책을 따라 모임에 가고, 많은 이와 소통하는 책 모임 회원이자 운영자다. 그렇게 시작된 책과 사람과의 관계가 발전해 이제는 전국 도서관, 학교, 여러 교육 기관과 지자체 특강에 서는 전문 강사들이 되었다. 어린이부터 교사까지 다양한 사람을 대상으로 책 모임을 운영 및 지도해온 네 명의 공저자가 한데 모여 이 책을 썼다.

책 모임법을 안내해주는 도서가 이미 여럿 출간되었음에도 비대면 시대가 본격적으로 와버렸기에 이 책을 펴냈다. 코로나19로 본격화된 비대면 문화는 책 모임에도 큰 영향을 미쳐 회원들에게 타격을 주었다. 삶에 활력을 주고, 깊이 있는 독서로 안내해주는 모임이 중단되자 회원들은 대안을 찾기 시작했다. 그 출구는 다름 아닌 대세에 맞춘 온라인 모임이다.

혹자는 스마트폰이 일상화된 이 시대에 온라인 모임쯤은 누구나 쉽게 할 수 있지 않냐고 묻겠지만 꼭 그렇지는 않다. 직접 대면을 선호하는 이들은 온라인 모임을 기피하면서 우울감에 빠지고, IT 장비 조작에 익숙하지 않은 시니어 세대는 시대 변화에 적응하지 못해 좌절감을 느낀다. 제법 온라인 문화에 익숙하다고 자부하는 운영자도 다양한 화상 회의 플랫폼 기능과 특성을 온전히 숙지하지 못해 원활하게 모임을 끌어가지 못하고 있다. 2020년 코로나19 발발 이후 제법 비대면 모임에 익숙해진 운영자 역시 지속력과 결속력이 떨어지는 온라인에서의 특수한 상황에 직면해 고민이 깊기만 하다. 이러한 고심은 오프라인 모임에서도 생기지만 온라인상에서는 더욱 심각해진다. 모임의 기본은 결국 사람이기 때문이다. 직접 대면하지 못하면서 생기는 틈은 예상보다 더 많은 문제 상황을 안겨준다.

이에 공저자 네 명이 모임 현장에서 접한 다양한 문제 상황을 정리했다. 말주변이 없어서, 낯가림이 심해서, 독서 속도가 떨어져서 등의 개인 고민부터 모임의 운영법과 지속력을 두고 애태우는 운영자의 애환을 두루 담아 해결법을 제시한다.

전체 구성은 총 3부로 나뉜다. 1부는 준비 편이다. 책모임에 앞서 어떤 마음을 품으면 좋을지, 도구는 무엇을 준비해야 할지를 다룬다. 온라인 모임에 거부감과 두려움을 느끼는 이에게 도움이 되는 내용이 담겨 있으며, 장비 조작에 서툰 이를 위해 도구를 하나하나 안내해주고 사용법을 설명해준다. 더불어 온라인 화상 회의 플랫폼으로는 무엇이 있고 어떤 장단점이 있는지 분석했다.

2부는 실전 편이다. 온라인 모임의 회원은 어떻게 모집하고 운영 원칙은 어떤 내용으로 언제 세워야 하는지 다룬다. 또한 대화가 편하게 오가게 하는 법, 접속 대기 시간과 쉬는 시간에 활용할 만한 프로그램 등 온라인 책 모임에서 생기는 문제와 해결법을 안내해준다.

3부는 지속 가능한 책 모임을 위한 방법 편이다. 결석률이 높아질 때, 회원들이 매너리즘에 빠졌을 때 등과 같은 상황에 어떻게 대응해야 하는지부터 책 모임에 활력을 주는 확장 프로그램을 소개해준다.

책 모임을 단순한 사교 모임으로 생각한다면 이 책이 불필요하게 느껴질 수도 있다. 하지만 여기에서 말하는 책 모임은 친목 도모를 위한 수단만이 아니다. 책과 특정 주제를 두고 논제를 뽑아 깊이 있게 토론하는 모임이다. '비경쟁 독서 토론'을 지향한다는 점이 핵심이다. 어떤 생각이든, 어떤 말이든 책 모임에서는 모두 존중받을 가치가 있다는 사실을 전제로 한다.

오프라인이냐 온라인이냐를 떠나 모든 모임의 본질은 '관계'다. 건강한 관계의 관건은 경청과 존중이다. 책 모임도 마찬가지다. 이 책은 기술적인 문제부터 심리적인 문제까지 어떤 점을 경청하고 존중해야 하는지를 다루어 '온택트' 시대에 꼭 맞는 책 모임을 꿈꾸는 이들에게 힘이 되고자 한다. 온라인 책 모임에 관심이 있으나 아직 시작하지 못했다면, 책 모임을 운영하고 있다면, 책 모임의 지속 가능성으로 고민한다면, 좋은 프로그램으로 모임에 활력을 더하고 싶다면 읽어볼 만하다. 코로나19가 종식된다 해도 이제 비대면 만남은 인간의 삶에 중요한 소통 방식으로 자리 잡을 것이다. 언제, 어디서든 접속해 다양한 책 친구를 만나는 온라인 책 모임을 시작해보자. 오프라인 모임에 활용할 내용이 많다는 점도 살짝 귀띔하며!

2021년 4월
김민영

차례

2부   온라인 책 모임의 원칙과 문제 해결법

1장 회원 모집과 운영 원칙

2장 온라인 책 모임에서의 문제와 해결법

3부 | 사사롭지만 알면 도움이 되는 책 모임 팁

1장 '관계'는 모든 문제의 시작과 끝

1부

온라인 책 모임 참여를 위한
두 가지 워밍업

마음 준비

책 모임을 하고 싶다는 의욕이 앞서다 보면 어떤 마음가짐으로 임해야 하는지 간과하게 된다. 책이 좋고, 사람은 더 좋고, 책과 사람과 하는 일을 좋아하다 무턱대고 이런저런 독서 모임에 참여했다가 자신의 생각과 달라 고민에 빠지는 이들이 있다. 반면, 걱정이 너무 많아서 선뜻 책 모임에 참여하지 못하는 이들도 있다. 오프라인도 그렇지만, 온라인 모임만의 여건과 상황이 있으니, 다음과 같은 내용으로 마음을 점검해보면 좋겠다.

01 온라인 책 모임은
오프라인 책 모임과 같으면서 다르다

코로나 이후 많은 책 모임이 사라졌다. 이에 아쉽다는 사람들이 많다. 한 달에 한두 번 가는 책 모임이 큰 즐거움을 주었는데 모임이 없으니 답답하다며 한숨을 쉰다. 1년 넘게 책 모임을 못 하니 의욕이 사라져 책보다는 유튜브나 티브이를 많이 본다는 말도 들린다. 다양한 책을 읽지 못하고 다른 의견을 들을 수도 없다며 울상이다. 그런 이들에게 온라인 책 모임을 권한다. 반응은 대체로 한결같다. '어색해서 싫다.' 컴퓨터를 잘하는 것도 아니고, 늘 만나던 사람들과 모임을 했는데 처음 보는 이들과 이야기를 나누는 자리가 불편하다며 코로나19를 원망한다.

매주 두세 개의 온라인 책 모임을 하는 나로선 안타깝다. 대면 만남이 줄다 보니 소속감이 약해지고 고독감과 우울감은 커지는 이때, '온라인 책 모임'이라는 새 옷을 입어보면 어떨까? 이렇게 공지를 올려보는 것이다.

"직접 만나기는 어려워도, 온라인 책 모임은 할 수 있습니다. 온라인으로 계속 책 모임을 이어갈 분들은 아래 덧글로 신청해주세요. 줌Zoom 접속으로 어디서나 편안하게 책 모임을 즐길 수 있습니다."

얼마나 많은 사람이 온라인 모임에 관심을 보일까 우려하겠지만, 의외로 신청자가 많다. 연령대도 다양하다. 그런 중에도 온라인 책 모임이 낯선 사람들은 또 묻는다.

"온라인은 오프라인 책 모임과 무엇이 다른가요?"

책을 함께 읽고 다양한 의견을 나눈다는 본질은 같다. 접속 방법과 절차, 방식이 달라질 뿐이다. 환경이 달라지는 데에서 느껴지는 정서상의 차이도 있지만, 새로운 공간이 주는 유익과 기쁨과 발견도 있다.

온라인 책 모임이 오프라인과 다른 점이 있다면 크게 몇 가지로 정리된다. 이후 장에서 세부적인 차이와 이용 방법이 다루어질 예정이니 먼저 세 가지로만 접근해보자. 첫 번째는 모임 규모의 변화다. 지역 오프라인 책 모임이라면 나올 회원들이 어느 정도는 정해져 있고 변수가 적다. 당일 결석자가 나와도 대략적인 규모를 예측할 수 있다. 어떻게든 못 온 이유를 웬만큼 알게 되고, 안부를 묻는 범위도 일정한 편이다. 반면 온라인 모임이라면 지역에 상관없이 참여할 수 있고, 인원이 예상보다 늘거나 줄기도 한다. "저는 인근 거주자는 아니지만 시간대도 맞고 꼭 참여하고 싶어서요"라며 신청하는 회원도 있다. 운영자는 상황에 따라 최대 인원 기준을 마련해놓을 필요가 있다. 지역 밖의 회원들도 기꺼이 참여시킬 열린 마음도 준비하자.

두 번째는 친밀감의 차이다. 직접 만나다 보면 서로의 시선을 주고받고 목소리를 듣고, 간식을 나눠 먹고, 함께 울고 웃으며 친밀감을 느낀다. 이와 달리 디지털 만남은 친밀한 정서를 쌓기까지 더 오랜 시간이 걸리기 마련이다. 여러 번 모임에 나가도 낯가림이 심한 사람이 있다. 자연스러운 모임 분위기를 위해 진행자부터 몸에 힘을 빼야 한다. 회원들의 부담을 낮춰주는 편안한 진행을 해본다. 온라인 모임에서도 웃다 보면 긴장이 풀리고 친해지는 법이다. 웃음은 책 모임의 묘약이다.

물론 온라인 책 모임이지만 지역을 규정하는 운영자도 있다. 'ㅇㅇ 지역 거주자에 한해' 이런 조건을 단다. 언제든 오프라인으로 연결될 가능성을 열어두는 것이다. 재미있는 일이 벌어진다. 초면인데도 인근 지역 거주자라는 이유로 친밀감을 느끼고, 더 빨리 적응하는 사람도 있다. 심리적 안정감을 느끼는 것일까. 대면이라면 만날 수 없는 사람들과 의견을 나눈다는 설렘에 온라인 모임을 선호하는 회원도 있다. 다양한 성별, 나이, 직업, 관심사가 모이니 책에 대한 의견 또한 더욱 다채로워진다. 전국구 온라인 책 모임의 매력이다.

세 번째는 공간의 차이다. 같은 공간을 공유하지 못하니 각자의 익숙한 장소에서 모임에 참여한다. 몸은 따로 있지만, 마치 한곳에 있는 듯 몰입을 해야 한다. '우린 같은 테이블에서 같은 음악을 듣고 같은 조명 아래 이야기를 나누는 거야'라는 상상. 그런데 현실은 택배 도착을 알리는 초인종이 울리고, 아파트 안내 방송이 나오고, 아이가 놀아달라고 조른다. 세탁기 알림 벨도 들린다. 각자의 공간에서 한 모임에 집중하다 보니 방해 요소를 차단하며 참여해야 한다.

다소 낯설고, 불편한 점도 있겠지만 장점이 더 많다. 사람을 직접 만나는 기회가 줄어 사회적 관계망이 끊겼다는 소외감에 힘들었는데 온라인 책 모임을 하니 활력이 생긴다고 한다. 오히려 코로나 전보다 책 친구가 늘었다는 사람도 있다. 온라인 책 모임의 출현으로 관계 맺는 방식에도 이런저런 변화가 오고 있다. 새로운 대화법이다.

02 온라인 체질이 아니어도 괜찮다

한의학에 사상의학이라는 영역이 있다. 사람의 체질적 특성을 태양, 태음, 소양, 소음 네 유형으로 나누고 그에 따라 병을 진단하고 치료하는 우리나라 고유의 체질의학을 말한다. 오랜 시간 연구되어왔지만 한의사에 따라 다른 의견을 내놓는다. 이런저런 소견을 듣다 보면 결국 생활 습관을 바꿔야 한다는 다소 뻔한 결론으로 돌아온다. 참고는 하되, 답은 스스로 찾아야 한다. 온라인과 오프라인 중 어느 쪽이 더 잘 맞느냐는 질문도 어찌 보면 이 체질론과 같다는 생각이 든다. 결국 자신이 선택해야 한다는 면에서 말이다.

오랫동안 책 모임을 이어온 한 회원은 요즘 온라인 모임을 이어가야 하나 고민에 빠졌다. 할수록 자기 성향에 맞지 않는다는 생각이 든다. 회원들이 책을 제대로 읽는 것 같지도 않고, 토론을 하다 만 듯해 회의감이 든다. 오프라인으로 만나 몇 시간이고 끝을 볼 때까지 토론했던 때가 그립다. 이렇게 '대충' 온라인 모임을 하는 건 시간 낭비라는 고민에 빠져 있다. 그렇다고 그만두려니 아쉽다. 두 회원의 깊이 있는 발언을 놓치기 아깝다. 문제는 이 두 사람의 발언 말고는 유익하게 느껴지는 소통이 거의 없다는 데 있다. 이 회원의 연구 분야인 사회복지는 이론과 현장이 적절히 균형을 이뤄야 하고, 연륜 있는 전문가의 조언 또한 필요한 학문이다. 그 분야에 경력이 있는 두 회원은 책을 매우 좋아하며 성실하고 밀도 높은 의견을 주어 듣고만 있어도 도움이 된다. 어떤 순간엔 받아 쓰고 싶어질 때도 있다. 하지만 온라인으로 책 모임을 하다 보니 소음이나 접속 문제로 버려지는 시간도 많고, 발언이 끊길 때도 있어 집중력이 떨어진다. 실력과 회원들에게 배우고 싶어 모임에 나가고 싶지만, 자꾸 온라인 체질이 아니라는 생각에 의욕은 날로 저하된다. 온라인 책 모임을 계속해야 할까, 말아야 할까?

이 경우, 회원의 고민은 외부가 아닌 내부로부터 온 '불안'으로 보인다. 실력을 키우고 싶지만 혼자 힘으로는 어려우니 책 모임에 나가고 있는 상황이다. 자신의 내공만으로는 부족해 실력 있는 회원들의 발언을 참조 삼아 책을 읽고 있는데, 영양분을 충분히 흡수하지 못해 답답하고 불안해진 것이다. 다른 사람의 발언에 의지하는 자신의 한계를 누구보다 잘 알고 있지만 마땅한 대안이 없으니 초조해졌다. 그의 마음 안엔 '다른 모임을 찾아볼까?' '실력파 두 회원에게 제안해 셋만 책 모임을 해보자고 할까?' '당분간은 내공을 키워야 하니 혼자 읽어볼까?' 여러 고민이 있다. 온라인 체질이 아니라는 생각에 오늘도 책 모임에 접속하는 순간이 즐겁지 않다. 간단한 해결책으로 고민을 덜어주려 한다.

첫째, 운영자와 의논하여 더 재미있게 참여할 방법을

찾아본다. 운영자와 일대일 대화를 시작도 해보자. 자신이 무엇을 고민하고 있는지 구체적으로 이야기한다. 운영자도 비슷한 고민을 하고 있는지, 자신만의 오해인지 정리해볼 필요가 있다. 좀 더 객관적인 시각에서 고민을 들여다볼 수 있다. 온라인 운영 방식을 수정하거나 토론 시간을 늘리거나 논제를 줄여 더욱 깊이 있게 토론할 수도 있다. 논제별로 10분씩 토론했다면, 20분으로 늘려보는 것도 방법이다. 시행착오를 거치다 보면 회원 불만이 최소화되는 지점을 찾을 수 있다. 그사이에도 운영자와 회원의 대화는 계속되어야 한다.

둘째, 다른 온라인 책 모임에 더 참여해본다. 내가 나가는 모임만이 정답은 아니다. 한 모임으로 성향을 결정지을 수 없다. 여력이 닿는 만큼 온라인 모임을 추가해서 참여하며 지금 모임과 비교해본다. 온라인 모임 자체가 편치 않아 여러 모임에 참여하기는 어렵겠지만, 시간차를 두고 하나씩 경험해보면 비교할 수 있다. 나의 성향 문제인지, 온라인 모임의 특색에서 온 차이인지 정리도 해본다. 이 과정을 거친 뒤 난 정말 온라인 체질이 아니란 결론에 이르면 자연스럽게 받아들이면 된다. 무작정 온라인 모임을 포기하면 아쉬움이 남을 수 있으니 다른 모임 참여도 좋은 경험이 된다.

셋째, 본인이 직접 온라인 책 모임을 운영한다. 오프라인 모임이 어려워진 상황이니 언제까지나 직접 만나는 현장만을 그리워하며 한탄할 수는 없다. 나에게 맞는 최선의 맞춤형 온라인 책 모임을 만들어봐도 좋다. 경험이 없으니 서투른 것은 당연하다. 실수할 수 있다. 실수에서 배운다는 마음으로 도전한다. 내 마음에 안 들었던 책 모임을 떠올려서 참고하며 만들어간다. 직접 해보면 운영자의 노고를 이해하게 된다. 내가 운영자라면 무엇을 할지 더 깊이 고민하고 적용할 수 있다.

온라인 모임이 성향에 맞지 않아 책 모임을 계속할지 말지 고민된다면 위 세 가지 중 뭐라도 해보면 좋다. 책 모임은 현장이 답이다. 온라인 책 모임이라면 카카오톡, 줌, 웹엑스, 밴드 등이 현장이 된다. 내 생각이 늘 옳은 것은 아니니, 현장에서 새로운 답을 찾아가야 한다. 그때 자신의 성향도 다시 돌아보게 된다. 나는 온라인과 오프라인 중 어느 쪽이 더 성향에 맞을까. 현장에서 얻은 답으로 자기만의 길을 찾아보자. 온라인이 맞지 않았던 사람도 길을 찾는 과정에서 스스로 체질을 개선할 수도 있으니 단정 지을 필요 없다.

03 책 모임 경험이 없어도 괜찮다

한 직장인이 서점을 지나다 우연히 책 모임 알림을 발견했다. 책을 좋아한 지 얼마 되지 않았지만 참여해보고 싶었다. 직원에게 신청 방법을 물어볼까 하다 결국 집으로 돌아오고 말았다. 사진으로 찍어 온 공지를 보기만 했다. 책 모임 경험이 전혀 없는 내가 모임을 할 수 있을까. 몇 년씩 책을 읽어오거나, 책 모임을 해본 사람들이 많다면 나 같은 초보자는 힘들지 않을까. 사실 꿈꾸던 모임이었다. 듣고만 있어도 영혼을 살찌울 수 있을 것 같았다. 하지만 이 사람은 자신이 없었다. 다른 회원에게 아무런 도움을 주지 못할까 봐, 가끔 엉뚱한 소리나 하는 불필요한 회원이 될까 봐. 그런데도 모임에 가보고 싶다.

왜 우리는 시작하기 전부터 두려워할까. 잘할 수 있을까라는 강박에 사로잡히기 때문이다. 다른 사람에게 폐를 끼쳤다는 자괴감을 느낄까 두렵다. '잘할 수 있을까' 대신 '재미있을까'로 질문을 바꿔보면 어떨까. 재미를 느껴야 꾸준히 할 수 있다. 잘하려고 하면 숙제가 되지만, 재미를 느끼려고 하면 놀이가 된다.

책 모임 경험이 전혀 없다면 오히려 환영받는 신규 회원이 된다. "저는 태어나서 책 모임이 처음이거든요"라는 약간의 인사말도 준비해보자. 회원들은 자기도 모르게 '인생의 첫 책 모임이라니 좋은 인상을 주어야겠군' 이런 마음을 먹으며 더 열심히 하게 된다. '나는 오늘 누군가의 인생 첫 책 모임의 회원이 되었구나!'라며 쾌재를 부를 사람도 있다. 책 모임 왕초보는 결코 방해꾼이나 군식구가 아니다. 정체기에 빠진 오래된 회원을 기분 좋게 자극하는 비타민 C와 같은 신입이다. 이렇게 마음먹는다면 못

나갈 모임이 없다. 잘 모르니 열심히 듣겠다는 말 한마디도 작은 응원이 된다. 사람은 누구나 자기 이야기를 하고 싶어 하고, 잘 들어줄 존재를 찾고 있다. 책 모임에 나간다는 것은, 결국 자기 이야기를 하고 싶다는 욕망의 실천이다. 책이 중심이긴 하지만, 어떤 식으로든 자신에 관해 말하고 마니까. 단순 푸념이나 수다와 다른 꽤 지적인 자기표현인 셈이다. 담담하게, 이성적으로 자기 견해를 풀어내는 장이다.

더욱이 온라인 모임에서는 오프라인 모임에서보다 긴장을 덜 수 있다. 직접 마주하는 현장이 아니기에 다음 상황들에 잘 대비하면 즐겁고도 유연하게 참여할 수 있다. 초보자들은 보통 자신이 타인에게 폐가 되는 상황을 떠올린다. 하나하나 짚어보자.

첫째, 말을 하다 보면 핵심을 놓치고 장황하게 늘어놓게 된다. 원래 하려던 말을 놓치는 상황은 누구에게나 일어날 수 있다. 초보자라면 긴장 탓에 이런 상황에 더욱 자주 노출된다. 긴장감을 줄이는 게 관건이다. 손바닥에 들어올 만한 작은 포스트잇을 준비한다. 책 모임에서 꼭 하고 싶은 말을 키워드 중심으로 메모한다. 포스트잇 한 장에 2분을 넘기지 않겠다고 다짐하고 연습한다.

둘째, 다른 회원들이 한 말을 잘 못 알아듣고 빗나간 이야기를 한다. 역시 긴장에서 올 수도 있고, 분위기에 익숙지 않아 벌어지는 일이다. 온라인 책 모임에서도 마찬가지다. 상대의 네트워크나 마이크 상태가 좋지 않으면 끊겨서 들릴 수도 있고, 주변 소음으로 놓치기도 한다. 그럴 때 "죄송하지만, 다시 한번 말씀해주시겠어요?" 또는 "~라는 뜻일까요?"라고 손을 들고 말하면 된다. 그래야 대화의 중심에서 벗어나지 않을 수 있다. 이런 신호를 보내는 게 부담스럽다면 메모 연습을 한다. 앞사람이 말할 때 간단히 핵심을 적는다. "아까 ○○ 회원님이 말씀하셨듯이"라는 표현을 중심으로 징검다리를 놓아가며 말을 하면 덜 놓칠 수 있다.

셋째, 책의 맥락을 잘 이해하지 못한 채 횡설수설하게 된다. 책을 잘못 읽었다는 불안감, 독서량이 부족하다는 열등감이 느껴지면 긴장감도 커진다. 특히 분량이 많거나 회원 모두 어려웠다고 말하는 책이라면 더욱 그럴 수 있다. 일단 읽을 책이 공지되면 재빨리 준비한다. 밑줄을 긋거나 메모를 해야 한다면 빌리지 말고 사기를 권한다. 언젠가 서평을 쓰거나, 다시 책 모임을 할 수 있다는 마음으로 소장한다. 그리고 시간 간격을 두고 두 번을 정독한다. 중요하다고 생각되는 부분에 표시해둔다. 그 부분에 대해 할 말이 떠오르면 간단히 메모하거나 수첩에 기록한다. 책에 관한 서평을 읽기도 한다. 시간이 되면 간단한 서평을 써본다. 맥락을 이해하는 데 큰 도움이 된다.

그럼에도 긴장감이 여전하다면, 참여할 수 있는 모임을 찾아보며 준비 기간을 가져보면 어떨까. 특히, 회원보다 운영자를 해보고 싶은 사람이라면 사전 연습이 필요하다. 일종의 참관이다. 다양한 책 모임을 간접 경험하다 보면 막막함이 줄어든다. 온라인 모임은 그런 면에서 아주 유용한 모임법이다. 운영 시작 시기를 너무 급히 잡지 말고, 참여 모임을 잡은 후 계획하자. 만약, 다른 모임 경험을 하지 못한 채 운영한다면 초기엔 회원들의 도움을 받아도 좋다. 모임은 함께 만들어가는 것이다. 운영자 경험이 없어 여러모로 미흡하니 도와달라고 부탁한다. 운영자의 절박함을 알아차린 회원들은 책 모임이 유지되었으면 하는 마음으로, 아니 '내가 운영자라면'이라는 마음으로 돕기 시작한다. 회원으로서 불평하는 태도도 조금씩 바뀐다.

마지막으로 책 모임에 관한 책들을 추천한다. 이론부터 실전까지 다양한 책이 있다. 원하나의 『독서모임 꾸리는 법』(유유, 2019)은 책 모임을 꾸리는 기초적인 방법부터 안내한다. 다양한 책 모임 예시는 장은수의 『같이 읽고 함께 살다』(느티나무책방, 2018)에 상세히 나와 있다. 책 모임 운영자의 희로애락을 담은 『나는 오늘도 책 모임에 간다』(북바이북, 2020)도 참고할 만하다. 언젠가 책 모임 운영자가 되기를 꿈꾸는 이들에게 이 책들을 추천한다.

말주변이 없어도,
완벽주의 성향이어도 괜찮다

작가 엘리자베스 토바 베일리는 산문집 『달팽이 안단테』(돌베개, 2011)에서 투병 생활 중 관찰한 달팽이를 묘사했다. 20년간 병과 싸운 그녀는 촘촘한 필치로 1년간의 달팽이 관찰기를 발표해 세계 독자들의 마음을 움직였다. 아침이 되자 몸이 부서지는 것 같으면서 아무 생각도 나지 않았던 그녀는 세균성 병원체에 감염되어 자율신경계가 망가지고 만다. 그리고 몸져눕는 신세가 된다. 어느 날 친구가 데리고 온 달팽이를 보며 엘리자베스는 달팽이가 평화롭게 이동하면서 더듬이를 이

리저리 흔드는 우아한 모습을 즐겨 바라보았다. 저녁이 되면 달팽이는 어김없이 잠에서 깨어 놀라울 정도로 우아하게 화분의 가장자리로 이동해서는 자기 앞에 놓인 낯선 풍경들을 다시 한번 찬찬히 둘러보았다는 회고도 나온다. 느리지만 우아한 달팽이는 저자에게 자신을 미치지 않게 돕는 구세주이자 버팀목이 되어주었다.

이 책을 토론한 많은 독자들은 만점에 가까운 호평을 했다. "책에 나온 모든 문장을 곱씹고 필사하고 싶었다"라는 칭찬이 이어졌다. 소설가 황정은이 극찬한 이 책의 가장 큰 매력은 '느리고도 우아한 시간'이다. 책 모임 또한 『달팽이 안단테』처럼 느린 시간을 알아보는 사람들의 만남이다. 함께하는 모임이지만 각자의 속도로 참여하면 된다. 책을 조금 늦게 읽거나, 말 속도가 느린 것이 문제가 되지는 않는다.

물론, 말 속도나 자판 치는 속도가 느려 고민에 빠지는 사람도 있다. 말주변이 없어 참여가 점점 두려워진다고 한다. 말을 빨리, 설득력 있게, 간결하게 하는 사람을 보면 부럽기도 하고 주눅이 들어 점점 작아진다며 부끄러워한다. 메신저 창으로 하는 책 모임에선 자판을 빠르게 치지 못해 발을 동동 구른다. 의견을 쓰려다 보면 이미 수십 개의 메시지로 대화가 지난 뒤라 말도 못 붙이고 관중에 그치고 만다며 한숨을 쉰다.

말주변이 부족해 고민인 30대 후반의 한 주부는 이런저런 책 모임에 참여한 후에는 항상 마음이 무거웠다. 자신이 가장 말을 잘 못하는 것 같다는 생각에서 벗어나지 못했다. 그녀는 어눌한 말주변 때문에 평소 말을 아낀다. 책을 좋아하게 된 것도, 침묵을 유지할 수 있는 시간 때문이었다고 한다. 이와 달리 말솜씨가 좋은 남편은 조금씩 참여하다 보면 좋아질 거라며 응원했지만, 그녀는 새로운 책 모임 신청 버튼을 누르지 못했다. 그렇게 2년이 지나갔다. 용기를 내 참여한 『달팽이 안단테』 모임에서 그녀는 듣고만 있었다. 첫 발언 이후 침묵을 지키는 그녀에게 운영자는 물었다. "오늘 발언이 적으셔서, 혹시 더 의견이 있을까요?" 놀란 기색으로 운영자를 바라보던 그녀는 더듬더듬 "앞에서 좋은 말씀을 너무 많이 해주셔서요…… 저도 조금 보태자면……"이라며 말을 이어갔다. 작고 여린 목소리가 흘러나왔고, 모두 귀 기울여 들었다. "제가 책 모임도 처음이고 워낙 집에만 있다 보니 말주변도 없어서…… 폐를 끼친 것 같지만 모임이 너무 좋았습니다."

모임 후 운영자는 그녀와 대화를 이어갔다. 어느새 스스로에게 완벽을 요구하는 것 같다며 얼굴을 붉혔다. 네 살, 일곱 살 아이들 또한 완벽주의 성향으로 훈육하다 보니 자신이 먼저 쉽게 지치고 우울해진다고 했다. 말주변이 부족하다는 핑계로 숨어 살아온 것도, 그렇게 하면 평균은 간다는 생각 때문이었다. 어느 순간 평균 이하는 실패라는 공포로 다가왔다. 온라인 책 모임은 그녀가 낸 인생의 첫 용기였다. 이제 두려움에서 서서히 빠져나오는 길을 찾아야 한다.

책을 느리게 읽거나, 말을 느리게 하거나, 주요 내용 확인을 놓칠 수도 있다. "왜 당신만 느린가?"라고 추궁하는 사람은 없다. 다른 생각을 들으러 온 사람들 안엔 다양성을 받아들이려는 마음 주머니가 가득하다. 이런 고민으로 책 모임에 선뜻 문을 두드리지 못하는 이들이 있다면 세 가지 마음 연습을 해보자.

첫째, 진행자가 "더 보태실 분?"이라고 묻자마자 손을 든다. 눈치를 보고 관망하다간 시간이 금세 흘러가고 만다. 일단 손부터 들고 이렇게 말한다. "새로운 의견은 아닐 수 있는데요." "했던 이야기일 수도 있지만요." 확신이 부족해 보인다 해도, 이런 표현으로 긴장도를 스스로 낮출 수 있다. 참여자들의 발언을 기다리는 진행자의 사인 후 바로 참여하기 습관으로 조금씩 자신감을 쌓아보자.

둘째, 모임 후 자책하는 습관을 버린다. 아까 이렇게 말해야 했는데, 왜 그런 말을 했을까라는 자책도 습관이다. 여성학자 정희진은 '남들이 보기에'라는 건 성립하지 않는다고 말한다. 인생의 진리 가운데 하나가 바로 남들은 나를 보지 않는다는 사실이며, 결국 자신과의 투쟁이라고 말이다(『나를 알기 위해서 쓴다』, 교양인, 2020). 책 모임에서도 마찬가지다. 다른 사람이 내 말에 신경 쓰고, 마음에 담아둘 거라는 걱정은 내려놓자. 모임에 참석하고, 생각을 말하고, 생각하는 모든 과정이 나와의 싸움일 뿐이다.

셋째, 사람을 평가하는 습관을 내려놓는다. 나도 모르게 누군가를 평가하는 습관이 있지는 않은지 생각해보자.

책 모임에서 잘한 사람과 못한 사람의 경계는 없다. 책 좋아하는 사람들만 있다. 책 모임은 토론 대회가 아니다. 경쟁은 없다.

누군가를 위한 모임이 아니다. 내 소중한 시간을 쏟아 참여하는 '나를 위한 모임'이라는 사실을 기억하면 된다. 책 모임은 서로에게 물드는 시간이다. 두려움을 내려놓고 서로에게 물들어보자.

05 시니어라도
잘할 수 있다

　　온라인 책 모임을 시니어도 원활히 할 수
있을까에 대해 궁금해하는 이들이 있다. 시니어는 연장
자라는 뜻으로, 약간의 차이는 있지만 일반적으로 60세
에서 70세에 해당하는 이들을 말한다. 시니어는 디지털
매체에 익숙하지 않아 조작이 미숙하다고 보는 경향이
있다. 시니어라도 온라인 모임이 가능할까. 물론 시니어
라도 괜찮다.

　　'은빛독서회'는 시니어 책 모임이다. 한 달에 한 번 책
모임을 하다 코로나로 인해 한동안 멈춤 상태였다. 그러

던 어느 날 "당분간 비대면으로 책 모임을 진행해야 할 것 같아요. 줌이라는 앱을 설치해서 진행하면 다들 가능하신지요?"라는 질문이 메신저 단체 대화방에 올라왔다. 회원들 연령이 60~70대까지였다. 처음 제안에는 선뜻 하고 싶다고 했던 이도 대화를 나눌수록 "저희가 컴퓨터와 친하지 않아서요"라며 머뭇거렸다. 어떤 회원은 "만나서 나누는 독서 모임만의 즐거움은 어떠한 인터넷 세상도 대신할 수 없다 생각하는데, 비대면 모임이 그것을 얼마나 채워줄 수 있을지 의문입니다"라며 반기지 않았다. 반면, 다른 회원은 "대면 모임은 기약이 없고, 이제는 컴맹이라도 비대면에 적응해야 하는 시대니까 줌 한번 가동해봐요"라며 적극적이었다. 한 번도 경험해보지 않은 온라인 책 모임을 잘할 수 있을까, 만나서 하듯 서로 의견을 주고받게 될까? 특히 온라인 플랫폼의 조작이 미숙한데 모임까지 할 수 있을까? 이들이 하는 걱정은 시니어라는 대상을 떠나 온라인 모임을 처음 하는 이들의 일반적인 고민에도 해당한다. 누구나 겪어보지 않은 것에는 두려움이 있다. 하지만 여러 기관에서 시민의 디지털 역량 강화를 위해 다양한 교육 과정을 선보이고 있다. 시니어라고 온라인 책 모임을 두려워할 필요는 없다.

은빛독서회 회원들도 도서관에서 진행하는 시니어를 위한 스마트폰, 줌 사용 등에 대한 단기 교육을 활용하기로 했다. 또 사전 모임을 해서 낯선 플랫폼을 익혀보자고 했다. 책 모임 진행자는 자신이 줌 사용법 관련 글을 올리겠으니 모임 전에 읽어보라는 메시지를 남겼다. 이에 회원 중 한 명이 독서 모임 전에 시범으로 모든 회원들이 줌에 모여 잡담이라도 나눠보자는 제안을 했다. 사용법도 익힐 수 있지 않겠느냐는 의견이었다. 다른 회원들도 적극적이었다. 애플리케이션 다운받기부터 계정 만들기는 물론 터치식 작동법조차 어려워하는 기계치의 고민까지 단체 대화방에 올려 해결하기로 했다.

온라인 책 모임 운영자는 회원들을 위해 사전 모임을 준비하는 게 좋다. 사전 모임은 플랫폼에 대한 사용 설명서라고 할 수 있다. 가령, 접속했을 시 이름이 닉네임으로 되어 있다면 실명으로 어떻게 전환하는지, 소리가 들리지 않거나 하울링이 생길 때 해결은 어떻게 해야 하는지, 배경을 가릴 수 있는지 등 플랫폼 사용법을 먼저 숙지한다면 시니어도 충분히 온라인 책 모임을 할 수 있다. 한 줌의 용기만 있으면 가능하다. 사전 모임에서 회원들이 서로 문제를 공유해서 해결하거나, 온라인 플랫폼에 대한 교육이 다양하게 이루어지고 있으니 이를 활용하는 방법도 있다.

은빛독서회는 사전 모임 후 발자크의 『고리오 영감』을 줌으로 토론했다. 줌 접속부터 책 모임 내내 큰 어려움 없이 진행했다. 진행자는 "이 책을 어떻게 읽었는지 별점과 소감을 들어볼 건데요, 소감 듣기 전에 별점부터 들어보겠습니다. 별점은 1점에서 5점이고요, 5점이 만점이에요. 별점은 줌 채팅방에 올려주세요"라고 했다. 소감은 화상을 통해 구두로 하거나 채팅방에 글로 남기기로 했다. 책 모임이 마무리될 때 한 회원은 온라인에 거부감을 표했던게 살짝 부끄러워지고 새로운 세계를 알게 되었다는 감사 인사를 남겼다. 다른 회원 역시 시니어라고 온라인을 두려워할 필요가 없는 것 같다며 도전해보길 잘했다는 자신감을 보였다. 은빛독서회는 이후에도 온라인 책 모임으로 매월 한 권의 책을 심도 있게 토론하고 있다.

참고로 서울시에서는 '스마트서울 포털'이라는 사이트에서 '비대면 디지털 역량 교육'을 진행하고 있다. 미더스MeetUs, 줌, 구글미트Googlemeet 등 다양한 비대면 플랫폼을 사용할 수 있도록 원격 교육을 하고 있다. 인천의 한 도서관에서는 '시니어를 위한 디지털 역량 강화 프로그램'을 운영했다. 이 프로그램을 통해 시니어들이 겪는 디지털 활용의 어려움을 해결하고, 기존의 잘 운영되었던 시니어 독서 동아리를 온라인으로 활성화했다. 이 도서관에서는 시니어들이 디지털 활용 능력의 차이로 차별을 받지 않도록 디지털 역량 강화 교육을 지속적으로 추진하기로 했다. 부산의 한 복지관에서도 시니어들을 위해 큰 글자 도서를 읽는 모임을 온라인으로 마련해 운영 중이다. 이처럼 여러 지역에서 노년층이 디지털 활용의 어려움으로 차별받지 않도록 다양한 교육이 이루어지고 있다. 유튜브에서도 줌, 웹엑스Webex 등 플랫폼 사용법 안내가 다양하게 게시돼 있다. 여러 경로를 통해 온라인 모임법을 익힐 수 있으니 자신에게 맞는 방법을 선택하면 된다.

06 독서 속도가 느려도, 독서량이 부족해도 괜찮다

독서 속도가 느려 고민하는 사람이라면 '비교적 빨리' 읽히는 책을 충분히 읽어보자. 마냥 느리게 읽는다며 자신을 탓하는 마음을 다독이는 경험을 쌓아보자. 만화, 그림책, 실용서, 직업 관련 책이 술술 넘어간다면 그것들을 부담 없이 읽어도 좋다. 자연스레 손이 가고, 책장이 가볍게 넘어가고, 시간의 흐름마저 잊을 수 있는 독서 양을 쌓자. 독서에 풍덩 빠지는 경험을 해보자는 뜻이다.

독서 속도가 느려서 또는 독서량이 부족해서 책 모임에

나가지 못해 고민이라는 한 회원은 가방에서 책 한 권을 꺼냈다. 『다시, 책으로』(어크로스, 2019)라는 인문 교양서였다. 그녀가 그 책을 보이며 했던 고민은 난독증이었다. 책을 잘 읽는 데 도움이 된다고 추천해서 읽어봤는데 두 페이지도 못 읽었다는 것이다. 책 읽은 지 얼마 안 되었고 인문학은 접해보지 않았지만, 온라인 책 모임에서 추천하기에 읽고 싶어 샀다고 했다.

　안타까운 상황이었다. 독서 능력을 키우기 위해 많은 이가 이와 같은 책을 집어 든다. 이 책은 쉽게 읽히지 않는다는 게 많은 독서 모임 운영자의 생각이었다. 경험에 따라 차이가 있겠지만, 독서 교육 전문가가 읽으면 좋은 책이라는 것이 일반적인 의견이었다. 이러한 견해를 들은 이 회원은 놀랐다. 난독증이 있는 건 아닐까 고민까지 했기에 그럴 만했다. 운영자는 그녀의 관심사가 자녀 교육이라는 사실을 확인한 후, 책 몇 권을 추천했다. 만족도가 매우 높았다. 자신감이 붙는다고 했다. 독서 속도가 느려 걱정인 사람은 '맞춤형 책'부터 찾아야 한다. 스스로 답답하지 않을 정도의 속도로 읽을 수 있는 책을 여러 권 읽으며 자신감을 찾은 후 조금씩 분야를 넓혀가도 좋다.

만약 이와 비슷한 고민으로 책 모임 참여를 걱정하는 사람이라면 세 단계를 서서히 밟아보자. 저마다의 구체적인 방법은 다르지만, 최소한의 준비 과정을 경험할 수 있다.

1단계, 책 모임에서 공지한 책이 어떤 내용인지 알아본다. 바로 구매할 수 없으면 도서 정보를 찾아본다. 출판사에서 제공한 도서 정보는 온라인 서점에 자세히 나와 있다. 이때 분량, 분야, 주요 내용, 독자 리뷰를 확인한다. 평소 관심 있는 분야가 아니라면 더욱 세심히 살펴본다. 읽을 만한 책이라는 판단이 서면 빌리거나 구매한다. 최대한 빨리 책을 준비한다.

2단계, 책을 일주일 간격으로 두 번 읽어본다. 첫 번째는 정독에 얽매이지 말고 편안하게 훑어보듯 읽는다. 다시 읽을 기회가 있다는 마음으로 부담 없이 본다. 전체적인 내용 구성과 흐름을 보는 정도라고 생각한다. 일주일 정도 지난 후 다시 읽기를 시작한다. 정독을 목표로 꼼꼼하게 읽는다. 단 안 읽히는 부분이나 와닿지 않는 페이지는 건너뛴다. 정독하지 못한 페이지는 별도로 표시해둔다. 두 번을 읽고도 모임에 나갈 자신감이 생기지 않는다면, 다음 단계로 들어간다.

3단계, 책 모임용 기록을 준비한다. 모임 일정이 가까워지는 상황에서, 책이 그리 어렵지 않게 읽힌다면 문제없지만 속도가 안 나서 걱정이라면 둘 중 하나의 길을 선택한다. 운영자에게 이번 첫 참여는 듣기 위주로 가도 되냐고 묻는다. 책 모임 경험이 없고 책이 어렵게 느껴지지만 꼭 참여해보고 싶다는 의지를 보인다. 또 다른 길은 포기다. 이번 모임은 나가지 않기로 한다. 자신 있게 책장이 넘어가는 책을 만날 때까지 독서 경험을 쌓기로 한다. 내 문제가 아니다. 안 맞는 책일 뿐이다.

세 단계를 거치다 보면 서서히 책 읽는 힘이 길러진다. 독서 폭도 넓어지고, 읽는 속도도 빨라진다. 정독과 완독 강박증에서 벗어나게 된다. 나와 잘 맞는 책을 고르는 습관을 쌓는다.

빠른 읽기 속도에 비해 독서의 질이 낮고 양도 적어서

고민인 사람도 있다. 오히려 너무 빨리 대충 읽는 습관을 고치고 싶어 책 모임에 꼭 나가는 경우다. 느리게 꼭꼭 씹어 읽는 사람들을 만나 정독도 하고, 많은 책을 접하고 싶은 이들이 여기에 해당한다.

20년 차 금융권 직장인 한 분이 고민을 토로했다. 책을 좋아한다고 말하지만, 실은 사기만 할 뿐 읽지는 못한다. 쉽게 넘어가는 책만 심심풀이로 훑어본 정도다. 사고 싶은 책을 장바구니에 잔뜩 넣어놓고 주문하기 버튼을 누를까 말까 매일 고민한다. 사놓고 못 읽은 책 때문이다. 죽기 전에 읽는다는 생각으로 몇 년간 책을 모았지만 구매량의 10분의 1도 못 봤다. 이젠 모임 활동을 하며 읽어야겠다고 결심했지만, 막상 모임 신청을 하려니 부족한 독서량 때문에 고민이 된다고 했다. 모임에서 언급되는 책은 대개 제목이나 표지만 알 뿐, 내용은 모른다는 두려움. 지식이 부족하니 하는 말을 잘 못 알아듣거나 엉뚱한 대꾸를 할까 걱정도 된다. 내공 높은 사람들 틈에 끼어 한 마디도 제대로 못 하고 돌아오면 어쩌나 싶기도 하다. 이처럼 책을 사기만 할 뿐 읽지 못해 고민인 사람이 많다. '사 놓고 못 읽은 책 읽기'라는 모임이 생겼을 정도다.

읽지도 못하면서 계속 책을 사는 것이 고민인 사람은 생각보다 많다. 소장 책은 많은데 독서량이 부족하다면 '책을 좋아하는 사람'이라고 자신을 소개하면 된다. "저는 책을 많이 읽지는 못했지만 책을 너무 좋아합니다"라는 말로 첫인사를 나눈다. 모임을 하며 독서량을 늘리고 싶다는 마음도 살짝 내보인다. 생각지도 못한 환영에 어리둥절할 것이다. 사놓고 못 읽은 책으로 고민하는 사람들이 얼마나 많은지 알게 된다. 부족한 독서량으로 고민할 수 있다. 책을 좋아하는 사람이라면 더욱 그렇다. 용기를 내어 온라인 책 모임 '신청 버튼'을 클릭하자. 본격적으로 독서량과 깊이를 쌓을 기회다.

2장

도구 준비

마음 준비를 끝냈다면 이제 장비로 무엇이 필요한지 점검해볼 차례다. 최소한의 도구가 갖추어져 있고, 이 도구를 능숙하게 다룬다면 어떤 일에서든 능률이 오른다. 책 모임에서 말하는 능률이란 '책에 대한 깊은 이해'와 '다른 관점을 지닌 이들과의 소통'을 가리킨다. 능률이 오르면 재미를 느끼게 되고, 재미를 느끼면 함께하는 사람들을 더욱 깊이 이해하게 된다. 온라인 책 모임에 필요한 도구, 사용되는 플랫폼, 그것들의 조작법을 다들 조금씩은 알고 있지만 무엇이 자신에게 잘 맞는 프로그램인지 아직 잘 모르는 이들도 있으며, 여전히 온라인 모임에 필요한 도구 조작에 대한 두려움으로 책 모임을 시작하지 못하는 이들도 있다. 이런 사람들을 위해 친절히 다음과 같이 안내한다.

컴퓨터 조작에
미숙해도 괜찮다

컴퓨터 조작에 미숙해서 온라인 모임이 두렵다는 사람들을 만난다. 접속만 하면 컴퓨터 장비가 고장 나고, 진행이 잘되지 않는다니 얼마나 막막할까. 나는 컴퓨터와 잘 맞지 않는 사람이야, 기계치야라는 생각에 지레 포기해버린다. 공포나 두려움은 늘 작은 경험에서 비롯된다. 그렇게 조금씩 커져 삶을 삼켜버리고 만다.

처음엔 어렵지만 조금씩 익숙해지는 경험을 쌓아야 한다. 컴퓨터 조작도 마찬가지다. 처음부터 잘하는 사람도 더러 있으나, 조금씩 연습하며 능숙해지는 경우가 더 많다. 쉽게 단념할 일이 아니다. 온라인 책 모임은 간단한 도구를 사용하니 겁먹지 말자. 운전에 비유한다면, 집에서 5분 거리의 마트를 다녀오는 코스다.

세 개의 책 모임에 참여하는 60세 회원의 이야기다. 그녀는 책을 매우 좋아했으나, 모임에 참여한 건 우연히 구청에서 하는 독서 토론 강연을 들은 뒤였다. 왕성하게 책 모임에 참여하던 회원은 코로나19로 모임이 중단되자 우울해졌다. 다양한 사람의 의견을 들을 기회가 사라진 것이다. 자기 이야기를 할 출구도 없었다. 그런데 한 책방에서 온라인 모임을 하고 있었다. 바로 신청했다. 컴퓨터 조작에 미숙하다는 약점에도 용기를 냈다. 포털사이트, 유튜브로 줌이라는 프로그램 사용법을 둘러봤다. 혼자 테스트도 했지만 감이 잡히지 않았다. 유튜브 채널까지 운영하는 남편은 "당신 같은 컴맹은 처음 본다!"라며 구박만 했다. 바쁜 딸에게 전화했다. 사정을 말하니, 이왕 하는 거 캠을 사용해보라며 주문을 해줬다. 장착하는 방법이 힘들었지만, 설명서를 보며 성공. 첫 모임에서 캠을 사용했다. 책방 회원들은 "화질이 혼자만 좋다!" "도대체 무슨 컴퓨터냐!" "비결을 알려달라!"며 열광했다. 그녀는 기쁜 마음으로 회원들과 구매처를 공유했다. 소소한 팁이었지만 예상치 못하게 다른 사람에게 정보를 주는 입장이 되니 뿌듯하기도 하고 자신감이 생겼다. 그녀의 온라인 책 모임은 오늘도 진행 중이다.

누구나 능숙하지 못한 도구를 대할 땐 걱정이 앞선다. 다른 사람들은 능숙한데 나만 뒤떨어져 보일까 걱정한다. 나이도 많고, 독서량도 부족한데, '컴맹'인 사실까지 들키면 어쩌나 조바심이 난다. 이젠 그 두려움을 내려놓아도 된다. '준비'를 할 수 있으니까. 먼저, 내가 참여하려는 모임에서 어떤 프로그램을 쓰는지 알아본다. 밴드, 포털사이트 카페, 줌, 카카오톡, 기타 어떤 경로로 온라인 책 모임을 하는지 확인해야 한다.

다음은 그 사용법을 찾아본다. 검색을 시작한다. 쉽게 잘 정리된 링크를 찾아 메모한다. 더 구체적인 사용법을 알고 싶다면 유튜브로 이동한다. 검색 창에 원하는 검색어를 입력하고 기다린다. 다양한 영상이 올라와 있다. 꼼꼼하게 시청한다. 이제 정리한 내용을 바탕으로 시험 작동을 한다. 온라인 책 모임방을 열어보기도 하고, 가족이나 친구를 초대해서 직접 대화를 한다. 비디오를 켜고, 마이크를 작동시킨다. 내 모습이 어떻게 나오는지 확인한다. 조금 더 잘 나오게 하려면 어떻게 해야 하는지도 찾아본다. 이렇게 했는데도 더 확인할 부분이 있는지 걱정된다면 발 빠른 출판사에서 출간한 관련 책을 찾아본다. 인생의 다양한 고민을 책으로 해결하는 책벌레들에게 추천하는 방법이다. 신문 기사도 찾아본다. 신개념 책 모임이나, 모임 방법의 진화를 다룬 기사도 많다. 컴맹 탈출 사다리는 도처에 있다.

마지막은 걱정 내려놓기다. 나만 서투른 게 아닐까 걱정하다 보면 잘할 수 있는 일도 그르치게 된다. 너무 긴장하면 몰입하지 못한다. 다른 사람들이 나를 주시하고, 평가하는 기분이 들어 재미가 없어진다. '나만 초보는 아닐 거야' '나처럼 컴퓨터 잘 못하는 사람도 많겠지' '기술보다 중요한 건 마음이야' 나를 다독이며 모임에 참여한다. 대처에 조금 서투른 상황이 벌어질 수도 있다. 회원들이 나서서 해결법을 알려준다.

이 글을 쓰는 나 역시 모든 일에 능수능란하진 않다. 모임 운영자인데도 집 네트워크가 불안정해 연결이 끊어지곤 했다. 내 방에서 모임에 참여했는데 방문만 닫으면 네트워크가 끊어졌다. 회원들에게 그저 미안했다. 이때 수호천사처럼 책 친구 한 명이 나타났다. 그는 통신사에 요청해 공유기를 설치하라고 했고, 다행히 그 방법으로 지금은 모임을 안정적으로 운영하고 있다. 처음부터 잘하는 사람은 없다. 우린 새로운 세상에서, 책 모임을 하는 탐험가들이다. 따라나설 것이냐, 말 것이냐의 선택지는 여러분의 손 위에 올려져 있다. 후회 없이, 따라나서겠다를 클릭하자. 세계 각지의 책 친구를 만날 수 있는 온라인 모임이 기다리고 있다.

02   필요한 장비와
사용법

      온라인 책 모임이라면 장비를 갖춰야 하는 건 아닌지 고민한다. 일반적으로 노트북에는 카메라와 마이크가 내장되어 있지만 데스크톱은 그렇지 않다. 또 노트북 사양이나 브랜드에 따라 카메라나 마이크가 작동되지 않아 부가 장비가 필요할 수도 있다. 어떤 플랫폼에서 모임을 하느냐에 따라 필요한 장비와 사용법이 다르다. 온라인 책 모임에 활용할 수 있는 플랫폼으로는 카카오톡, 밴드, 유튜브, 화상 회의 채널(줌, 웹엑스, 구글미트) 등을 들 수 있다. 카카오톡은 얼굴이 보이지 않지만 기록이 남는다. 밴드는 기록으로 남고 영상도 되지만 쌍방향 소통이 되지 않는 단방향, 강의 형식의 일방 통행 방식이다. 다음은 줌, 웹엑스 등 온라인으로 대면할 수 있는 플랫폼이다. 얼굴을 보면서 책 모임을 할 수도 있다. 실시간 쌍방향 소통이 가능하다.

플랫폼별 자세한 특징은 다음 원고에서 짚어보고, 여기에서는 쌍방향 소통이 가능한 화상 플랫폼인 줌을 기준으로 필요한 장비를 살펴보겠다. 줌은 가격이나 대중적인 면에서 최적화되어 있기에 알아두면 큰 도움이 된다. 줌을 활용한 책 모임에서는 기본적으로 마이크와 카메라가 필요하다. 노트북이나 휴대전화로 참여하는 이들은 내장되어 있는 카메라나 마이크를 사용하면 된다. 하지만 데스크톱에는 카메라가 내장되어 있지 않아 웹캠을 따로 구입해야 한다. 또한 노트북에서도 좀 더 선명한 화질을 원하거나 기기에 따라 카메라 위치가 아래에 있어 시선 처리가 부자연스럽게 느껴진다면 웹캠을 따로 구입해 사용해보자.

노트북으로 온라인 책 모임을 하는 진행자의 사례다.

이 진행자는 "목소리가 너무 작아요" "잘 들리지 않아요" 등 목소리에 대한 피드백을 회원들에게 받았다. 처음에는 노트북에 내장되어 있는 마이크 볼륨을 조절해보기도 했지만 똑같은 문제가 계속 발생했고 마이크를 구매해 사용한 뒤 해결했다. 소리가 잘 들리지 않는 것도 문제지만 소리 울림에서 느끼는 피로감도 온라인 모임에서는 무시할 수 없다. 이에 마이크는 단일지향성을 추천한다. 주변의 잡음을 잡아주고 목소리가 더 또렷하게 전달되는 장점이 있다. 음성 녹음도 가능하고, 옷깃에 달 수 있는 핀 마이크도 있다. 무선 핀 마이크는 고가이므로 움직일 일이 적다면 유선 핀 마이크를 사용해도 좋다. 이 또한 단일지향성을 추천한다. 온라인 책 모임에 참여해본 사람들이라면 얼굴 표정이나 움직임을 볼 수 있는 것도 중요하지만 목소리가 의사소통이나 정보 전달에서 얼마나 중요한지 경험한다.

조명은 구입해도 되지만 실내에 설치되어 있는 등이나 스탠드를 활용해도 된다. 배경이 신경 쓰인다면 크로마키 천(배경지)을 추천한다. 물론 줌에서 가상 배경을 넣을 수도 있지만 노트북 사양에 따라 가상 배경 호환이 되지 않는 경우도 있다. 가상 배경 사용 시 화면으로 자료를 보여주어야 할 때 제대로 보이지 않는 단점이 있다. 배경지를 사용하면 주변의 지저분한 것을 가릴 수 있고 가상 배경 사용할 때의 단점을 보완할 수도 있다.

한 독서 모임 회원은 화상 모임을 할 때마다 주방이 훤히 보이는 배경이 신경 쓰였다. 노트북 버전이 낮아 가상 배경을 사용할 수도 없었다. 어느 날 함께 책 모임 하는 회원이 사용한 배경지를 보고 알아보았다. 여러 색상이 있는데 어두운 배경지일수록 얼굴이 환하게 나온다. 튀지 않고 무난한 그레이 색상을 선택했다. 배경지를 걸 수 있는 스탠드가 따로 있지만 벽에 설치를 해도 되는 경우라면 굳이 스탠드를 구매할 필요는 없다. 벽지의 내구성으로 걸 수 있게 하는 벽지 핀으로 설치가 가능하다. 고가이긴 하지만 책 모임 로고를 새길 수 있는 제작 배경지도 있다. 책 모임마다 주방 배경이 신경 쓰였던 그 회원은 회색 배경지로 간단히 문제를 해결하며 모임에 좀 더 집중을 할 수 있었다. 화면에서 개인 공간을 가리는 방법을 더 알고 싶다면 다음에 나오는 「화면으로 보이는 사생활 노출이 걱정될 때」를 참고하도록 한다.

마이크, 조명 등 줌에서 필요한 장비는 모두 선택 사항이다. 줌 모임에 필요한 장비를 대여해주는 업체를 활용하는 방법도 있다. 온라인 책 모임이라고 해서 다양한 장비를 갖춰야 하거나 다 바꿀 필요는 없다. 하지만 의사소통의 한 방법으로 조금 더 좋은 화질을 원하거나 목소리를 명확하게 전달하고 싶다면 웹캠이나 마이크 정도만 전용 제품을 사용해도 만족스러운 책 모임을 할 수 있다. 장비도 중요하지만 그보다는 온라인 책 모임을 함께하는 회원들과의 소통이 먼저이지 않을까. 아무리 좋은 장비를 갖춰도 함께하는 회원들의 마음을 읽지 못한다면 소용이 없다.

03 알아두면 유용한
온라인 회의 플랫폼들

앞에서 온라인 책 모임에 최적화된 줌 플랫폼 이용에 필요한 장비를 살펴보았다. 날이 갈수록 플랫폼은 다양화될 터이고, 이미 그렇게 되고 있다. 비대면 문화가 정착됨에 따라 온라인 강의가 대중에게 익숙해졌고, 이에 필요한 온라인 서비스가 다양해지는 것도 당연한 현상이다.

새로운 고민은 어떤 플랫폼을 이용하느냐다. 운영자는 자기 모임에 맞는 플랫폼이 무엇일지 고민할 수밖에 없다. 화상 회의 플랫폼은 기본적인 기능은 같지만 접속 방법, 애플리케이션 설치 유무, 국내 제작 여부에 따라 조금씩 차이가 있다. 최근에 가장 주목받는 플랫폼부터 새로이 등장하는 플랫폼에는 무엇이 있는지, 각각의 특징은 무엇인지 우선 도표로 살펴보자. 다음 페이지의 도표는 화상과 음성 등으로 쌍방향 소통이 가능한 플랫폼들만 모아둔 것이다.

2021년 기준 현재 가장 널리 이용되는 화상 회의 서비스는 미국의 '줌'이다. 온라인 화상 회의에 많이 사용되고, 무료 이용도 가능해서 주목을 받고 있다. 단 무료로는 40분이라는 제한이 있고, 무제한으로 이용하려면 월정액을 지불해야 한다. 다른 플랫폼과 달리 애플리케이션을 설치해야 한다는 약간의 번거로움이 있지만 화상, 음성, 채팅 세 가지 방법으로 소통이 가능하고, 영상을 녹화할 수 있을뿐더러 채팅 기록도 저장돼서 많은 점이 편리하다. 가장 독특한 기능은 '소모임 개설'이다. 모임을 하면서 그 안에서 소모임을 다시 만들 수 있다. 규모가 큰 모임이라면 이런 소모임 개설 기능이 유용하다. 줌은 링크를 공유하거나 아이디와 비밀번호를 통해 초대할 수 있다. 회

쌍방향 소통이 가능한 화상 회의 플랫폼

	줌	구루미비즈	리모트미팅	구글미트
접근 방법	줌 링크, 아이디와 비밀번호를 통해 접속	이메일, 접속 코드	접속 코드	구글 계정 접속 링크
프로그램 설치 여부	○	×	×	×
주요 기능	• 녹화 기능 • 화면 공유 • 무료 40분 • 호스트 설정 가능 • 채팅 및 채팅 내역 저장 가능 • 예약 기능 • 소모임 개설 가능	• 녹화 기능 • 화면 공유 • 무료 40분 • 발표자, 참여자, 진행자로 권한 설정	• 화면 공유 • 녹화 기능 • 회의 기록 및 관리 • 회의실 상황과 채팅 표시	• 실시간 자막 • 화면 공유 • 무료 (14일) • 구글 계정 필수 • 고급 기능은 유료

의를 연 사람이 참여자들의 소리를 소거할 수 있어서 모임 분위기를 정돈해나갈 수 있다. 화면 공유 기능도 모임에 유용하다. 토론 자료를 함께 볼 수 있어서 온라인 모임을 원활하게 해준다.

온라인 책 모임 잘하는 법

'구루미비즈Gooroomeebiz'는 국내에서 제작된 플랫폼으로 이메일이나 접속 코드, 방 이름을 통해 접속할 수 있다. 프로그램을 별도 설치할 필요가 없어 편리하다. 화면이 줌보다도 단순하게 구성돼 있어 쉽게 기능을 파악할 수 있다. 참여자의 기본 권한을 설정할 수 있다는 점도 장점이다. 줌과 마찬가지로 녹화 기능, 화면 공유 기능이 있으며, 40분간 무료로 이용할 수 있다는 이점이 있다. 리모트미팅RemoteMeeting과 웹엑스도 비슷한 기능을 제공하지만, 리모트미팅만의 특이점이 있다. 말하는 사람이 감지돼서 큰 화면에 자동으로 표시된다는 점이다. 물론 관리자가 이를 조정할 수 있고, 전체 마이크의 음을 소거하여 진행자와 사회자만 따로 소리를 켤 수 있는 권한이다. 리모트미팅은 AI 모드로 회의록 작성도 가능하다. 구글미트는 구글 계정으로 접속해서 사용할 수 있으며, 화면 공유, 자막 사용 기능 등이 있다. 14일간 무료 이용이 가능하지만 고급 기능은 유료이다.

그 밖에 국내 대표 IT 기업인 카카오와 네이버에서 제공하는 서비스도 있다. 메신저 카카오톡 내에서 '라이브

톡'이라는 채팅방을 만들어 소통하는 서비스다. 나의 얼굴과 목소리만 전달되고 상대방은 채팅으로만 소통할 수 있다는 제한적 요소가 있다. 네이버에서 운영하는 폐쇄형 SNS '밴드'는 카피 자체가 '우리끼리 모인다'인 만큼 특정한 모임에 유용하다. 처음에는 대학생들이 조 모임을 하는 용으로 기획되었지만 출시와 함께 소규모 그룹 형태로 주목을 받기 시작했다. 밴드의 가장 큰 이점은 모임 전에 토론할 논제나 발제를 업로드할 수 있다는 점이다. 책모임은 여타의 모임과 달리 책을 읽고, 발제자가 토론거리를 정리해 공유한다는 특징이 있어 밴드의 이러한 기능은 유용하다. 온라인 라이브 방송, 출석 체크, 투표, 그룹콜 기능이 있어 여러모로 유용하다.

최근 등장한 오디오 소셜 네트워크인 '클럽하우스'도 많은 관심을 받고 있다. 초대받은 사용자에 한해서 통신사 인증을 통해 계정을 만들 수 있으며, 음성으로만 소통한다. 모임 운영자가 주제 방을 열면 관심 있는 사람들이 입장한다. 운영자는 모임방의 성격을 말하고, 의견이 있는 사람의 마이크를 허용한다. 그때 참여자는 자기 목소리를 낼 수 있다. 클럽하우스에서도 다양한 독서 모임이 등장하고 있다. 한 오피니언 리더의 독서 경험을 강연처럼 듣는 모임방에 400여 명의 접속자가 몰리기도 했다. 유명한 티브이 강연 프로그램에도 출연한 작가의 이야기를 귀 기울여 듣고 질문하는 방식으로 진행되었고, 이때도 역시 순차적으로 발언할 수 있는 마이크가 허용된 상황에서 대화가 이루어졌다. 발언자의 이야기가 끝날 때까지 참여자들은 듣기만 한다. 클럽하우스에는 카프카의 『변신』을 낭독하는 독서 모임도 있었다. 모임방을 연 운영자가 『변신』을 먼저 읽기 시작하면 다른 참여자가 이어받아 낭독했다. 낭독하지 않는 사람들은 마치 오디오북을 듣듯 경청한다. 최신 기술과 고전이 만나는 인상 깊은 사례다. 클럽하우스는 2021년 4월, 현재까지는 애플사의 아이폰 사용자만 이용할 수 있다.

플랫폼마다 특징이 있고, 저마다 상황이 다르기에 자신과 책 모임에 잘 맞는 플랫폼을 택해보자.

04

비디오형과 텍스트형으로
나뉠 때

온라인 책 모임은 글과 말의 향연이다. 글로만 이뤄지는 모임에는 텍스트형 회원이 몰려 '문장의 우정'을 쌓는다. 서로의 문장을 향유하며 말로 하는 책 모임에서는 맛볼 수 없는 세심하고 깊이 있는 교류를 즐긴다. 눈을 마주치고, 목소리를 들으며 순발력 있게 대응하는 비디오형 모임보다 천천히 글로 의견을 올리는 모임이다. 주변 친구들이 모두 줌으로 토론하는 요즘도, 글로 토론하는 모임만 나가는 이들도 있다.

"전혀 모르는 사람들과 얼굴을 마주하고 책 이야기를

한다는 게 제게는 어색하고 부끄러운 일이라 글로 참여하는 모임을 좋아해요."

글로만 독서 모임을 하는 한 직장인의 소감이다. 그녀가 꼽는 텍스트형 토론 모임의 장점은 무려 세 가지나 된다. 첫째, 다시 보기가 가능하다. 실시간 채팅으로 하는 모임이다 보니 대화의 흐름을 놓칠 수도 있지만 모임 후 다시 볼 수 있으니 복습 효과도 있다. 둘째, 글쓰기 연습을 할 수 있다. 글을 잘 쓰진 못해도 좋아한다는 그녀는 문장 쓰기 연습이 필요해서 모임에 나간다. 어떻게든 한 문장이라도 쓰며 생각을 정리할 수 있다. 셋째, 다른 사람의 생각을 구체적으로 읽으며 오해를 줄인다. 채팅창에 올라오는 문장은 그리 장황하거나 복잡하지 않다. 간단히 자신의 생각을 정리해서 올리니, 상대의 입장을 구체적으로 이해하는 통로가 된다. 언젠가는 비디오형 모임도 나가겠지만 당분간은 글로 책 친구를 만나고 싶다고 한다. 음성으로만 참여하는 클럽하우스라는 플랫폼을 추천받기도 했지만, 그녀는 사양했다. 낯선 사람들이 자신의 목소리에 귀를 기울이고 있다는 생각만으로도 식은땀이 난다며 글 모임이 주는 안정감이 훨씬 좋다고 했다.

반면, 비디오형 회원 가운데 한 명은 "글쓰기는 그 자체로 부담"이라며 화상 토론을 더 선호한다고 했다. 두 번이나 글로 하는 모임에 나갔는데 거의 끼어들지 못했다며 그는 웃었다. 순발력이 필요한 구두 모임에서는 뒤처지지 않지만, 글쓰기는 타이밍을 매번 놓치고 만다는 것이다. 책을 좋아하긴 하지만 글쓰기는 익숙하지 않다 보니 짧은 덧글이나 이메일 회신도 부담스럽다고 한다. 책 읽는 속도도 빨라 추가 도서까지 읽고 참여하는 열의를 보이지만 후기나 서평을 써야 하는 모임에선 큰 부담을 느껴 그만두고 싶은 마음까지 든다고 했다. 그는 현재 참여 중인 비디오형 토론에 대단히 만족하고 있다. 벌써 6개월째 주 2회 비디오형 책 모임 토론에 적극 참여하고 있다.

비디오형 책 모임을 선호하는 이들이 꼽는 장점은 다음과 같다. 첫째, 오프라인 모임의 생생한 느낌을 경험할 수 있다. 사회적 거리두기로 인해 직접 만남이 줄다 보니 모임 현장이 그리워지는데, 비디오로 실시간 토론하다 보니 생생하게 토론을 즐길 수 있다. 현장에 대한 갈증을 어느 정도 달랠 수 있어서 좋다. 둘째, 말하면서 생각을 정리할 수 있다. 어떻게든 한마디라도 하려면 생각을 정리해야 한다. 미리 메모해두어도 좋지만, 비디오형 회원들은 대개 그 자리에서 바로 생각하는 대로 말하기를 선호한다. 때론 횡설수설하고 서투를 수 있지만 말을 하면서 읽은 내용을 정리할 수 있다. 셋째, 글을 대하는 다양한 시각을 생생하게 접할 수 있다. 텍스트로 나누는 모임도 폭넓은 시각을 전해주지만, 자연스럽고 유연한 의견을 끌어내기 위해서는 글보다 말로 하는 토론을 해야 한다고 생각하는 이들이 비디오형이다.

당신이 운영자라면, 비디오형과 텍스트형이 함께 있는 책 모임의 방향을 어떻게 이끌 것인가? 각각의 장점을 살려 적절하게 접목하면 된다는 빤한 답변보다 단계별 방법을 제시하려 한다. 책을 좋아하는 사람이라면 대개 글쓰기에도 관심이 있다. 다만 쓸 자신이 없을 뿐이다. 자신의 내면 어딘가가 드러나는 듯해서 부끄럽다는 사람도 있다. 말하기도 같지 않냐고 물으면, 말로는 임기응변이 가능하고, 표정과 시선으로 부족한 점을 보충할 수도 있지만 글로는 문장 부호와 맞춤법까지 평가 대상이 되는 듯해 힘들다고 한다. 모임에 따라 다르지만, 대체로 말보다 글을 부담스러워하는 분위기다. 따라서 비디오형이 선호하는 화상 토론을 먼저 하고, 이어 텍스트형이 원하는 채팅 방식의 모임을 하면 상호 보완이 된다. 비디오형 토론을 5회, 텍스트형 모임을 3~4회 정도 해보면 효율적이다. 총 8~10회를 채우고 나면 다시 같은 순서를 한 번 더 반복한다. 이 과정에서 회원들은 비선호 모임 방식에도 관심을 갖고 익숙해진다. 모두를 거부감 없이 참여시키려면 사전 자료를 충분히 제시한다. 초보자부터 중급자까지 즐길 수 있는 다양한 논제를 만들어서 모임 전 합의한 날짜에 배포한다. 난도가 높은 논제의 경우 적극적으로 의견이 안 나오면 적절히 시간을 조율해서 진행한다. 혹여 더 보탤 의견이 없거나, 자기 의견이 이미 다 나왔다고 생각되면 참여가 저조할 수 있다. 이때 진행자가 회원들을 추궁하거나, 설명을 길게 해버리면 토론의 즐거움이 줄어든다. '회원들이 적극적으로 발언하지 않는군. 역시 이 방식은 나와 맞지 않아. 진행자 강의를 들으러 온 게 아닌데 말이야' 이런 생각으로 멀어질 수 있다. 단계별로 진행하며 어떤 회원이든 부담 없이 참여할 수 있도록 이끌어보자.

05　온라인상의 소회의실은 언제 필요할까

　　책 모임은 원활한 상호 소통이 특히 더 중요하다 보니 회원 수를 고려해야 한다. 회원이 너무 많은 경우에는 쌍방향 소통이 어렵다. 물론 대면 모임에서도 그럴 수 있지만 온라인에서는 더욱 그렇다. 회원이 스무 명 안팎인데 대면 모임보다 온라인에서 더 많게 느껴지고, 책 이야기를 나누는 시간조차 부족하게 여겨진다. 이럴 때 '줌'의 소회의실 기능을 권한다. 진행자가 필요한 모임이라면 소회의실을 만들기 전 각 방에 들어갈 회원 중 한 명을 공동 호스트로 지정한다.

소회의실은 어떻게 사용해야 할까. 쉽게 말해 회의실 안에 있는 또 다른 작은 회의실이라 할 수 있다. 한 번에 여러 방을 만들 수 있으며, 한 그룹으로 책 모임을 하기에는 회원 수가 많거나, 주제를 나눠서 해야 하는 모임일 경우 활용하기에 적합하다.

그림책으로 가족 책 모임을 한 사례가 있다. 구성원 모두가 진행자로서 경험을 한 뒤, 가족끼리 책 모임을 할 수 있도록 진행 방법, 논제 만드는 법 등을 안내해주어야 했다. 가족은 총 열두 명이었기에, 모두에게 같은 경험을 하게 해주기가 까다로웠다. 이에 진행자는 여섯 명씩 묶어 두 개의 소회의실을 열었다. 진행 실습 후 누나와 동생은 팀을 나눠서 진행 연습을 해봐서 좋았다는 긍정적인 반응을 보였다. 집에서도 가족과 독서 토론을 잘할 수 있을 것 같다는 자신감에 더해, 진행하는 엄마가 멋있었다는 자녀의 소감도 있었다. 가족 회원 중, 딸과 참여했던 아빠는 소회의실 기능을 활용하니 좀 더 많이 발언할 수 있고, 딸의 생각을 구체적으로 들을 수 있었다며 만족스러워했다.

소회의실 만드는 법은 어렵지 않다. 줌 홈페이지에 로

그인한 뒤 '내 계정 → 설정 → 회의 중(고급)'에서 기능을 활성화하면 된다. 그러면 회의창 하단에 '소회의실' 버튼이 생기고, 그것을 눌러 참여자들을 배치하면 된다. 호스트가 동시에 모든 소회의실에 들어갈 수는 없다. 따라서 화면 공유를 해야 한다면 소회의실을 만들기 전 각 소회의실에 들어갈 회원 중 한 명에게 공동 호스트 권한을 부여해야 한다. 이때 소회의실에 들어간 공동 호스트는 화면 공유뿐 아니라 다른 회원들의 음소거, 비디오 중지 등여러 기능을 사용할 수 있다. 소회의실에 입장한 뒤에는 회원들의 권한을 변경할 수 없으니 유념한다. 회원을 나눌 때는 자동과 수동 중 하나를 선택할 수 있다. 만약 회원들이 매번 같은 사람으로 구성된다면 이동 기능도 있으니 활용해보자. '브로드캐스트'라는 기능도 알아두면 좋다. 호스트가 각 소회의실에 공지 사항을 전달할 때 이 기능이 유용하다. 그 밖에 소회의실 옵션 기능도 적절히 활용해보자. 참여자를 소회의실로 바로 보내거나 언제든지 메인 회의실로 돌아가도록 허용하는 등의 선택도 옵션 기능으로 할 수 있다.

온라인 책 모임 잘하는 법

소회의실 활용으로 책 모임의 효율을 높인 사례가 또 하나 있다. 이 모임의 진행자는 다년간 책 모임을 하고 있다. 늘 대면으로 회원들을 만나다 코로나로 인해 모든 책 모임을 온라인으로 전환했다. 카카오톡, 밴드, 줌 등 다양한 플랫폼을 활용한다. 최근에는 2~3년을 카카오톡으로 하던 책 모임을 줌으로 전환했다. 열두 명이라는 인원수에는 변함이 없는데 이상하게 카카오톡으로 했을 때보다 시간이 훨씬 많이 소요됐다. 평소 두 시간 모임이었다면 30분이나 초과해서야 마무리할 수 있었다. 모임 후 곰곰이 생각해보았다. 자신이 평소보다 느리게 진행을 했는지, 지난번보다 토론 질문이 더 많았는지 등. 생각 끝에 간과했던 부분을 알았다.

줌에서 책 모임은 호스트, 즉 진행자 외에는 소음 방지를 위해 대부분 음소거를 해놓는다. 의견이 있는 회원은 음소거를 해제한 뒤 말하고 다시 음소거를 해두어야 한다. 또 화상 책 모임에서 비디오 기능을 사용하지 않는 이들도 있다. 비디오 기능이 없어서기도 하지만 있는데도 켜지 않는 회원이 있다. 이런 경우 이름을 부르면 바로 응

답이 없어 시간이 지체되는 상황이 발생하곤 한다. 카카오톡에서는 동시에 의견을 올릴 수 있지만, 줌에서는 그럴 수 없다. 줌에서는 한 사람이 말할 때 다른 사람들은 경청하며 상대가 발언하는 동안 기다려야 한다. 진행하는 시간 외에도 음을 소거했다가 켰다가 하는 등 기능을 조작하는 데 드는 시간이 추가되어 전체 소요 시간이 길어질 수밖에 없었다. 이 모임의 진행자가 선택한 방법은 소회의실 기능이었고, 이를 다음 책 모임에 활용해보았다. 시간 안에 모임을 알차게 진행했을 뿐 아니라 회원들은 의견을 마음껏 얘기할 수 있어 높은 만족도를 표했다. 모임과 책의 성격에 따라, 또 규모에 따라 줌의 소회의실 기능을 적절히 사용해보자. 모임의 내용뿐 아니라 지속력에도 큰 도움을 줄 것이다.

06 화면으로 보이는
사생활 노출이 걱정될 때

처음 화상으로 독서 모임을 할 때 회원들이 우려하는 점 가운데 하나는 얼굴 뒤로 보이는 배경이다. 어떤 회원은 익숙하지 않은 온라인 도구를 이용해서 토론한다는 사실보다 화면에 잡히는 사적인 공간의 노출 때문에 화상 채팅을 더 어렵게 느낀다. 누구나 정돈되지 않은 개인 공간을 다른 사람에게 보여주기 싫어한다. 사생활이 노출된다고 생각하면 자연스레 움츠러든다. 여기에서 온라인 책 모임 회원의 고민 중 하나가 시작된다. 화상 모임을 위해서 유료 회의실을 대여하기도 부담스럽고, 그렇다고 모임 시작 전에 정리할 시간이 충분하지도 않고, 배경이 깔끔하게 나오게 하려면 어떻게 해야 하면 좋을지 모르겠다며 한숨을 쉰다.

다행스럽게도 줌이라는 화상 회의 플랫폼을 이용하면 이 문제를 간단히 해결할 수 있다. 다음 세 가지 방법 중 하나를 선택한다. 첫째, 줌에서 제공하는 가상 배경을 사용한다. 회의창 아랫부분 비디오 아이콘 오른쪽 옆 작은 화살표를 클릭하면 메뉴가 열린다. 그중 가상 배경 선택을 클릭하면 가상 배경과 비디오 필터가 펼쳐진다. 가상 배경 내에 줌에서 제공하는 배경 화면이 몇 개 옵션으로 제공된다. 이 중 하나를 고르면 줌 화면상에서 참여자가 중앙에 나오고, 배경 사진이 뒤로 들어간다. 참여자 뒤로 보이던 실제 방 모습 대신 선택한 배경이 자리를 차지한다. 어디에 있는지 알리고 싶지 않을 때도 편리하다. 한편, 비디오 필터에서 제공된 옵션 중 하나를 골라 설정해도 좋다. '아날로그 미니티브이'를 선택하면 티브이 모니터 안에 참여자의 얼굴이 들어간다. 나머지 배경은 자동으로 대부분 가려진다.

둘째, 원하는 배경 사진을 추가해서 설정한다. 현재까지는 배경 사진을 세 개만 제공하므로 선택의 여지가 적다. 줌 사용자가 오른쪽에 있는 플러스 기능을 이용하면 원하는 이미지를 얼마든지 추가할 수 있다. 화상 채팅용 이미지 파일을 모아 하나의 폴더에 관리해보자. 멋진 서재를 배경으로 넣고 싶다면, 웹 검색으로 '서재'라는 키워드를 넣어 나오는 이미지들을 고른다. 플러스 기능을 이용하면 이제 그 서재가 배경으로 나타난다. 검색 키워드는 다양하게 넣으면 된다. 멋진 방, 아름다운 호수, 석양 지는 모습 등으로 고를 수 있다. 자신의 사진을 이용해도 좋다. 여행지에서 찍은 사진을 배경으로 넣기도 하고, 책을 사진으로 찍어 활용하기도 한다. 그 책은 모임 도서여도 좋고, 평소 자신에게 영감을 주는 작가나 작품의 이미지여도 좋다.

가상 배경을 활용할 때 아쉬운 점이 한 가지 있다. 화면이 자연스러워 보이지 않는다. 비디오 필터를 이용할 땐 배경이 흔들리지 않는데, 가상 배경은 참여자의 실루엣이 계속 흔들린다. 머리 한쪽이 배경에 가려지면서 부자연스럽게 느껴지기도 한다. 이런 단점은 보는 이의 시선을 산만하게 한다.

이런 단점이 못내 아쉽다면, 책상을 옮기는 것도 좋은 방법이다. 책상 위치를 변경할 수 있다면, 비어 있는 벽을 배경으로 해보자. 집 안의 벽지는 대체로 눈의 피로도를 낮추는 색감과 디자인으로 돼 있으므로 화상 모임에 자주 참여하는 이라면 추천할 만하다. 이 방법은 저사양 컴퓨터를 사용하는 사람에게도 유용하다. 줌의 가상 배경은 사양이 낮은 컴퓨터에서는 사용하지 못한다는 점을 참고하자.

배경 화면까지 신경 써야 하나 번거로운 마음이 들 수 있지만, 직접 대면은 직접 대면대로, 온라인 대면은 그 나름의 고려해야 할 점이 있다. 조금만 신경을 쓰면 좀 더 편안한 마음으로 책 모임을 즐길 수 있다.

2부

온라인 책 모임의
원칙과 문제 해결법

1장

회원 모집과
운영 원칙

사람이 정기적으로 모이는 곳이라면 어디든 운영 원칙이 있다. 원칙이 있어야 모임이 원활하게 유지되고 취지를 지키면서 능률을 올릴 수 있기 때문이다. 책 모임 역시 마찬가지다. 원칙이 모호한 책 모임은 흐지부지되기 십상이다. '모임'이라는 말에는 이미 모집 방법, 시간과 장소, 인원, 모임 취지 등 운영 원칙에 해당하는 다양한 조건이 전제돼 있다. 온라인 책 모임을 운영할 때의 회원 모집에서부터 운영 원칙까지, 실제로 도움이 되는 내용을 세세히 살펴보자.

01 회원 모집 방법과
적정 규모

    북클럽 운영자의 기쁨과 애환을 담은 에세이 『나는 오늘도 책 모임에 간다』를 읽은 독자들이 많이 했던 말 중 하나는 "같이 책 읽을 사람들이 주변에 늘 많아 보이는 저자가 부러워요"였다. 전작 읽기, 원작과 영화 함께 보기, 주제나 소재가 다른 두 책 함께 읽기, 인생책 모임, 서평 모임까지 다양한 형태로 하는데도 그때마다 회원이 있어 좋겠다는 것이다.

  거제에 사는 한 회원은 어느 작가의 그림책을 좋아해 회원들에게 함께 읽자고 했지만 다들 관심을 보이지 않아

아쉬워했다. 어린이가 소화하기엔 다소 어두운 색채에 성인이 봐도 난해한 면이 많아 그런지 회원들이 선뜻 신청하지 않았다. 큰 용기를 내 모임을 제안했던 그 회원은 의기소침해지고 말았다. 그간 애정을 가지고 열심히 참여하던 모임인데 제안이 거절당하자 이후 참석까지 꺼려지게 됐다. 사람들과 함께하고 싶은 마음이 깊었기에 서운함도 컸을 터.

그 회원에게 내린 처방은 '온라인'이었다. 가까운 곳에서만 찾지 말고 온라인에서 회원을 모집해보라고 조언했고, 블로그의 방문자 중 세 명이 신청하여 그토록 원했던 그 작가의 책을 함께 읽게 되었다. 사는 곳은 다르지만 그 작가의 책을 깊이 읽고 싶은 마음은 같았기에 한자리에 모였다. 온라인 모임 후 진행자는 용기를 내어 기존에 참여하던 책 모임에 제안했다. 다른 모임에서 아주 반응이 좋았다고, 함께 읽어보자고. 세 명의 신청으로 결국 대면 모임까지 이어갔다.

책 모임 경험이 없는 이들은 세 명이 적은 수로 들리겠지만, 개인이 낯선 회원을 셋이나 모으는 일은 생각보다 어렵다. 책 모임 경험이 있는 회원이라면 어떻게 세 명이나 모았을까, 블로그에 방문자가 많았나 생각해보게 된다. 누구나 하고 싶은 모임이 한두 개쯤은 있고, 사람을 어떻게 모을 것인가는 숙제다. 구체적인 방법을 하나씩 살펴보기로 하자.

첫째, 어떤 채널에 공지할지부터 정한다. 내가 익숙한 공간에 먼저 올리기를 권한다. 인스타그램, 페이스북, 블로그, 카페, 밴드 등 어디든 정서적으로 익숙하고, 작은 성과라도 경험했던 곳에 올린다. 그다음 익숙하진 않지만 홍보 효과가 좋은 공간에 차례로 공지한다.

둘째, 모임을 기획한다. 모임 성격, 모임명, 모임 도서가 일관성 있게 한눈에 들어오면 좋다. 보자마자 어떤 콘셉트의 모임인지 와닿게 기획한다. '늘푸른독서'라는 모임을 예로 들어보겠다. 이 모임에 선택된 도서는 김소영 작가의 『어린이라는 세계』(사계절, 2020)였다. 제목만 봐도 어떤 성격의 책인지, 모임의 특성은 어떠할지 쉽게 파악된다. 모임명도 '늘푸른독서'아닌가. 도서명의 어린이라는 키워드와 잘 어우러진다. 산만하지 않게, 하나로 흐르는 콘셉트가 있어야 한다.

셋째, 구체적인 공지 안을 제작한다. 온라인 책 모임을 알리는 공지라면 쉽게 읽혀야 한다. 가독성 좋은 문구로 모임 성격을 잘 드러낸다. 초고를 쓴 뒤 주변 의견을 구하며 퇴고를 한다. 모임 운영 초보라면 공지하기 전에 최종 안이 어떤지 주변에 의견을 한 번 더 구한다. 다음은 필수로 들어가야 하는 사항이다.

① 연월일시 ② 도서명 ③ 모임 방법 ④ 준비 사항 ⑤ 추천 대상 ⑥ 참가비 ⑦ 진행자 소개. 여기에 더해 ⑧ 활동 사진 ⑨ 매력적으로 보이는 책 표지 사진 ⑩ 인상적인 책 속 문구 ⑪ 작가나 책 내용을 추가로 소개해도 좋지만 너무 길어지지 않도록 한다. 특히, ⑫ 모임 초보자를 배려한 내용을 꼭 한두 문장 넣자. 맞춤법, 띄어쓰기, 오탈자가 있는지 확인하고 문단이 잘 구분되었는지 확인하며, 소리 내 읽은 뒤에야 공지한다.

이때 놓쳐서는 안 될 홍보 항목 중 하나가 ⑬ 참여 인원이다. 누군가에겐 몇 명이나 참여하는 모임일까가 관심사다. 너무 많은 인원이 참여해도, 인원이 너무 부족해도 부담을 느낀다. 사람이 많으면 다양한 의견을 들을 수 있으리라 기대하는 사람이 있는가 하면, 이 많은 사람이 나를 쳐다보겠네라며 부담을 느끼는 이도 있다. 인원이 적은 경우 여러 생각을 들을 수 없어 아쉽다고 할 수도 있지만, 내 이야기를 더 많이 할 수 있어 좋다며 선호하기도 한다. 각자가 생각하는 적정 인원에는 약간의 차이가 있다. 다음의 고려 요소가 있으니 확인해보자. 책의 분량이나 난이도 따라 다르지만 모임 운영 시간을 기준으로 해 적정 인원을 예상할 수 있다. 250쪽 단행본을 완독한 그룹, 성인의 경우로 예를 들어본다.

- 60분 모임 : 5명 내외
- 90분 모임 : 7명 내외
- 120분 모임 : 10명 내외

시간에 너무 쫓긴다거나, 할 말을 제대로 못 했다거나, 지루하다고 느끼지 않도록 적정 인원을 구성한다. 단 취소자가 발생할 수 있고, 참여는 하지만 책을 다 못 읽은 사람이 발생할 가능성이 있다. 모든 경우의 수를 열어놓고 적정 인원을 예상해야 차질 없이 진행된다. 부족하지도 넘치지도 않게 모임을 하려면 진행자의 역할이 매우 중요하다. 1회 발언에 얼마의 시간이 알맞을지 점검하고, 전체 시간을 조율하고, 제한된 조건 안에 다양한 의견을 이끌어내는 진행력이 요구된다. 큰 불편함이 없는 한, 회원들은 운영자의 진행 방식대로 참여한다. 모임 시작 3분 전까지 불참자를 확인해야 하는 진행자는 마지막 발언이 마무리될 때까지 긴장을 늦출 수 없는 존재다.

02 온라인 책 모임 성격을
외부에 홍보하는 법

　　온라인으로 책 모임을 하겠다고 회원 모집
공고를 올렸다고 가정해보자. 한참 시간이 지났는데도
신청하는 사람이 없어서 불안하다. 나름대로 홍보하려고
노력했는데 왜 찾는 사람이 없을까. 뭔가 잘못한 걸까?
초조해지기도 한다.

　이런 고민은 모임 운영 초보자뿐 아니라 경험 있는 운
영자에게도 해당된다. 나만 그런 게 아니라 누구나 처음
에 비슷한 과정을 겪었다고 생각하면서 마음을 편히 먹
자. 다른 이와 비교하지 않고, 시간이 지나면 나만의 멋진

모임을 만들 수 있다고 믿는 게 중요하다.

온라인 책 모임을 알리는 대표적 SNS에 블로그, 페이스북, 인스타그램이 있다. 홍보할 채널을 여러 개 갖고 있다면 범위와 대상이 넓어지므로 좋다. 물론 모든 채널을 집중적으로 운영하기란 어렵다. 또, 처음에 한 번 홍보 경로를 정하면 다른 쪽으로 이동하기 어렵기 때문에 자기에게 맞는 채널인지 신중하게 생각해서 결정해야 한다. 어떤 플랫폼이 모임 성격을 잘 드러내줄지 고려한다. 대중적으로 애용되는 블로그, 페이스북, 인스타그램의 특성을 짚어보자.

블로그는 대상을 정해 책 모임을 집중적으로 알리고 싶을 때 선택한다. 특정 분야에 관심을 둔 사람들이 모이는 곳이 블로그이기 때문이다. 페이스북처럼 아는 사람이 자동으로 리스트로 뜨지도 않고, 글을 읽으면서 한 명씩 이웃을 늘려나가는 방식으로 운영되는 것이 블로그다. 즉 소통하고 싶은 사람이 모이는 플랫폼이다. 원하는 분야의 검색어를 넣고 찾은 블로그 글을 읽고 이웃을 맺을지 말지를 결정한다. 이웃이 되면 이웃의 이웃으로까지 관계가 확장된다. 블로그는 검색어로 사람들이 유입되는 구조다. 예를 들어 '책 모임', '독서 모임'과 같은 검색어를 넣으면 책을 읽고 발췌와 단상을 올리는 사람, 서평을 쓰는 이, 작가, 서점, 출판사 블로그에 연결된다. 관심 있는 책 제목이나 작가 이름을 넣어도 마찬가지다. 이 그룹은 책이나 문학이라는 키워드로 블로그가 꼬리를 물고 연결되어 간다. 블로그를 이용해서 알리기를 선택했다면 책 모임과 관련된 내용을 쓴다. 지속적으로 올린다는 데에 포인트가 있다. 누군가와 이웃을 맺으면 블로그의 이웃 리스트에서 새 글이 올라갈 때마다 알림이 뜬다. 그 블로그의 글이 유익하다고 판단된다면 계속 읽게 된다. 홍보 내용으로 운영할 책 모임 소개, 도서 목록, 진행 방법, 진행자 정보를 넣는다. 블로그 사용자는 어느 정도 분량 있는 정보가 올라가 있다고 예상하고 있으므로 책 모임 내용을 자세히 올려도 좋다. 첫 글이 홍보 글이라면, 다음으로는 책 모임 도서 목록에 있는 책의 발췌와 단상 기록을 올리고, 리뷰나 서평도 써본다. 책 모임이 끝나면 인증 사진과 함께 토론 후기도 적는다. 책 모임 후기에 관심을 기울여 보는 이도 있다. 후기가 마음에 들면 이 운영자가 진행하는 모임에 가보고 싶어 한다. 블로그에 공지 올리기 기능이 있다면 널리 알리고 싶은 글을 상단에 보이도록 설정할 수도 있다. 게시물 제목도 신경 써서 만들어보자. 매력적인 제목을 볼 때 사람들은 읽고 싶어 한다. 또, 게시물 제목과 태그 편집 공간에 검색 빈도가 높은 단어를 넣으면 홍보 효과가 커진다.

둘째, 페이스북은 자동으로 이웃을 늘려주는 플랫폼이다. 페이스북에서 친구 한 명을 추가하면 '아는 사람' 또는 '알 수도 있는 사람'이라는 리스트가 계속 보인다. 끝없이 친구를 늘려가는 플랫폼이다. 친구라고 한번 확인하면 글이 올라갈 때마다 퍼져나가고 확산 속도가 빠르다. 홍보 대상도 넓고 전파력도 크지만, 분야를 정해서 집중적으로 홍보하기에 적당하지 않다. 책 모임에 관심 없는 사람에게도 자동으로 글이 계속 전달되므로 누군가에게는 불편하게 여겨질 수 있다. 게시글 공개 대상을 별도로 설정하지 않으면 올리는 글은 모두에게 공개된다는 걸 염두에 둔다.

셋째, 인스타그램은 관심사를 사진에 담아 알리는 용도
로 활용된다. 사진과 함께 넣는 글 분량이 적어서 팔로워
가 글을 읽을 때 부담을 느끼지 않는다. 사진에 카피 문구
를 올려서 포스터처럼 만들면 눈에 더 잘 띈다. 사진을 클
릭하면 알리고 싶은 내용이 열리므로 어떤 사진을 올리는
지에 따라 영향력이 달라진다. 책 모임 안내라면 모임명,
도서명, 책 선정 이유, 진행 방법, 연월일시, 장소, 비용, 연
락처 등을 남긴다. 어떤 사진을 올리고 어떤 카피 문구를
배치했는지에 따라 관심 있는 사람과 연결될 확률이 높아
진다. 검색해서 들어온 사람은 사진을 보면서 더 정보를
확인할지 여부를 결정한다. 대체로 책 표지, 책을 읽고 있
는 사진, 책 읽는 공간, 인상적인 문구, 모임 후 회원들의
책을 한꺼번에 모아놓은 사진 등을 올린다. 책 모임 앞에
지역명을 붙이고 '독서모임' '저자명' '도서명' '책모임'
등의 해시태그도 매번 달아놓는다. 팔로워가 질문하면 댓
글을 달면서 소통하는 데에도 신경 써주면 좋다.

어떤 플랫폼이든 계정을 개설한 직후에는 방문자가 적다. 관련 키워드를 넣으면서 꾸준히 글을 올리면 결국 팔로워가 늘어난다. 어떤 검색어를 넣을 때 노출 빈도가 높은지 플랫폼별로 통계 자료를 제공해주기도 한다. 신간 서적 서평을 썼을 때 조회 수가 높아지므로 새 책이 나올 때 남보다 일찍 읽고 기록하는 노력도 기울여본다. 어떤 게 본인에게 맞을지 모르겠다면 각 계정을 만든 후, 일정 시간 동안 테스트해봐도 좋다. 블로그라면 차분하게 글을 올리기에 좋고, 인스타그램이라면 사진 찍기를 좋아하는 사람이 도전할 만하다. 페이스북은 자동으로 연결되는 불특정 다수의 사람과 관계 맺기를 즐기는 이에게 적당하다. 하나씩 해보면서 자신에게 잘 맞는 플랫폼을 선택한다.

책 모임 홍보를 일로 생각하면 재미를 느끼지 못한다. 좋아하는 책과 모임을 기록한다는 생각으로 즐긴다면 그 느낌이 사람들에게 전달된다. 홍보의 기본은 지속성이다. 진심을 담은 운영자의 글은 최고의 홍보 방안이다.

03 온라인 책 모임에서의
적절한 호칭법

　　　온라인 책 모임에는 다양한 연령대의 사람이 온다. 모임을 원활하게 운영하고자 한다면 호칭도 세심하게 신경 쓴다. 일상생활이나 대면 책 모임에서 사람들은 이름 뒤에 '씨'나 '님'을 붙여 부른다. 온라인 책 모임은 이와 비슷하게 사용하기도 하고 SNS 분위기에 어울리게 색다른 호칭을 만들기도 한다. 각각의 장단점이 있으니 모임 분위기에 어울리는 호칭을 사용하면 된다.

　기본적으로 모임에서의 호칭도 대면 모임에서와 비슷하다. 첫째, 이름 뒤에 '씨'를 붙여 부른다. 다만 구성원 연령대가 크게 차이 나지 않을 때 주로 이용한다. 이러한 호칭법은 서로를 존대하면서 동등하게 대하는 데 도움을 준다. 이름을 쉽게 익힐 수 있고, 모임에 적당한 긴장감을 가져온다. 이런 호칭법을 불편해하는 이가 있다는 점도 고려한다. 연령대가 다양한 모임일 때 흔히 연장자를 '○○ 씨'라고 불러도 될까 염려한다. 더 존대하는 느낌의 호칭을 써야 한다는 생각 때문이다. 한편, 학부모 간의 모임에서는 ○○ 씨라는 호칭을 주로 사용하는 편이다. 자녀를 둔 부모로서의 모임이기 때문에 대등하면서도 존중하는 호칭으로 적당하게 여겨진다.

둘째, 이름 뒤에 '님'을 붙이는 호칭도 널리 이용된다. 최근에는 '씨'보다는 '님'을 붙여 부르는 추세다. '님'은 연령을 떠나 상대방을 존중하는 의미가 담겨 있어서 분위기를 자연스럽게 만든다. 간혹 이러한 호칭을 어색해하는 이도 있다. 따라서 운영자는 모임을 시작하기 전 회원들에게 '님'과 '씨' 중에 무엇이 더 편한지 의사를 물어보면 도움이 된다. 이때, 한쪽으로 의견이 자연스럽게 모아지도록 이끈다.

다음으로, 온라인상에서의 호칭을 사용하는 경우도 있다. 이름 대신 '닉네임'으로 부르는 방법이다. 모임을 발랄한 분위기로 이끈다. 한 모임의 젊은 회원의 닉네임은 '또롱'이다. 의견을 요청할 때 "또롱 님은 어떻게 읽으셨어요?"라고 물으면 분위기가 경쾌해진다. 닉네임에 '님'을 붙여도 좋고 분위기가 좀 더 편안하다면 닉네임만 불러도 좋다. 평소 본인이 SNS에서 사용하는 닉네임을 알려주어도 괜찮다. 모든 책 모임에서 한 가지 닉네임을 사용한다면 때마다 이름을 고민하지 않아도 되니 편리하다. 반면 각각의 책 모임을 개별 특별 활동처럼 여기면서 따로 정해서 사용해도 재미있다. 어떤 이는 작가명으로 정하기도한다. 회원들마다 끌리는 작품이나 선호하는 작가가 있다. 각자 생각하는 시간을 가진 후, 좋아하는 작가의 이름을 닉네임으로 만든다. 이런 방법으로 호칭을 정하면, 그 사람을 부를 때마다 작품이나 작가가 연상되면서 책에 대한 관심이 커진다. 회원들이 서로의 닉네임을 기억하기를 원한다면 같은 이름을 계속 사용한다는 기준을 두되, 원하면 언제든지 바꿀 수 있다는 점도 같이 안내한다. 호칭을 깊이 고민하지 말고 가벼운 마음으로 정하도록 도와준다.

온라인 화상 모임 특성을 이용해 모임 때마다 호칭을 변경하는 것도 재미를 준다. 대면 모임이라면 이름이나 닉네임을 기억하기 위해 이름표를 준비해야 하지만 줌으로 모인다면 화면을 통해서 이름을 볼 수 있다. 쉽게 닉네임을 알아볼 수 있으므로 계속 바꾸어도 부르는 데 어려움이 없다. 때마다 호칭을 변경하면 색다른 분위기가 연출돼 자신과 회원들에게 즐거움을 준다.

작품 속에 나온 등장인물을 이용해서 닉네임을 만드는 방법도 추천한다. 예를 들어 성석제의 장편 소설『투명인간』(창비, 2014)으로 책 모임 하는 날을 생각해보자. 참여자들은 책 속의 인물 중 끌리는 사람을 하나씩 선택한다. 『투명인간』은 주인공 만수라는 인물을 설명하기 위해서 다양한 화자의 목소리로 이야기를 전하는 소설이다. 책에서 만수는 직접 자기 이야기를 하지 않는다. 만수의 가족, 친구, 동료가 차례로 나와서 그에 관한 에피소드를 회상하면서 진술한다. 각자의 처지에서 만수의 삶을 바라보기 때문에 그의 일대기는 복잡하면서도 다양한 관점으로 전개된다. 화자에 따라 만수를 바라보는 관점은 부정적이기도 관조적이기도 긍정적이기도 하다. 등장인물의 이름을 별칭으로 사용하면 그의 감정에 몰입하며 이해도가 높아진다.

책 모임은 연령대, 참여한 계기, 목적에 따라 인원수와 구성이 매번 달라진다. 시작하기 전 어떤 호칭으로 모임을 진행할지 의견을 나누면, 긴장감을 줄이고 편안하게 모임을 이어갈 수 있다.

04 온라인 책 모임의 운영 규칙

      온라인과 오프라인의 책 모임 출석 규칙의 다른 점은 무엇일까? 회비는 어떻게 되고 운영 규칙은 어떻게 정해야 할까? 온라인 책 모임과 오프라인 책 모임의 운영 규칙은 기본적으로 비슷하다. 공통되는 내용으로 책 모임을 처음 세팅할 때와 진행상의 규칙으로 나누어 생각해볼 수 있다.

    먼저 모임을 개시할 때 필요한 기본 규칙 항목을 예로 들면 다음과 같다.

① 모임 기간

② 횟수

③ 최소 참석 인원

④ 출석 규칙

가장 먼저 모임 기간을 정한다. 대체로 3개월, 6개월, 1년 단위로 이루어진다. 횟수, 즉 얼마 만에 한 번씩 모이는지도 정한다. 미리 계획을 세워놓으면 개인 일정과 겹치지 않도록 조정할 수 있다. 최소 참석 인원도 정한다. 적어도 세 명이 모일 때 진행하고, 그 이하면 연기한다는 식의 원칙을 정하면 지속할지의 여부를 명확히 할 수 있다. 출석 규칙도 정하면 좋다. 가령, 사전 연락 없이 '2회 연속해서 불참하지 않는다' 같은 기준을 정하길 추천한다. 초기에 참여 인원이 적으면 책 모임 자체의 동력이 떨어지는데, 이런 기본 운영 규칙을 잘 잡아놓으면 모임이 굳건히 유지된다.

그 밖의 규칙들은 필요할 때마다 하나씩 추가하면 좋다. 예를 들어, ⑤ 회원 자격 상실 기준도 세워놓을 수 있다. '3회 연속으로 불참하면 모임 참여 의사가 없는 것으로 간주한다' 같은 내용이다. 출석 규칙의 세칙으로 책을 완독해 올 것 같은 원칙도 정할 수 있다. 이렇게 안내해본다.

"책을 다 읽고 참여합니다. 책을 완독한 회원들이 많을수록 토론 내용이 풍성해집니다. 토론 참여 인원을 확인할 수 있도록 출석 여부를 이삼일 전에 알려주세요."

모임 시작 후 ⑥ 운영비에 대한 논의를 하게 될 때가 있다. 회비가 없는 무료 모임일 때 갑자기 운영 경비가 필요한 경우는 다음과 같다. 대면 모임이라면 공간 사용료가 들고, 화상 채팅이라도 채팅방을 개설하기 위한 비용이 들 수 있다. 예를 들어, 줌으로 모임을 할 경우, 한 달에 2만 원 미만의 요금이 발생한다. 모임에 간혹 전문 강사를 초빙하면 강연료가 발생하기도 한다. 이런 여러 상황을 고려하여 운영비를 책정하면, 효율적인 모임 운영에 도움이 된다.

오프라인과 달리 온라인 모임만의 규칙은 없을까? 있다. 화상 채팅으로 진행되는 모임을 예로 들어본다. 첫째,

가장 먼저 고려해야 할 요소는 비디오를 켤지 말지다. 비디오를 켜기로 약속을 했어도 개인 사정으로 온라인 모임 시에 비디오를 끈 채로 있어도 되는지 양해를 구하는 사람이 많다. 이동 중이거나, 몸이 안 좋아서 누운 채 경청 위주로 참여해야 할 때는 아무래도 비디오를 켜기가 어렵다. 이런 상황이 발생하면 오프라인 모임의 경우엔 대체로 참여 자체를 포기하게 되지만, 온라인이라면 어떤 식으로든 같이하고 싶어 한다. 물론 화면을 켜지 않는 참여자의 비율이 높아지면 토론이 활발하게 이루어지지 않는다. 비록 온라인이지만 사람들은 화상으로라도 마주 보면서 이야기할 때 토론에 적극 참여한다. 따라서 비디오 켜는 것을 원칙으로 하되 특별한 상황은 예외로 두어도 좋다. 이런 안내도 함께 해주면 분위기가 한결 편안해진다.

"편안히 참여하셔도 좋습니다. 각자 사정이 있으니 가능한 만큼 최선을 다하면 됩니다."

둘째, 마이크를 언제 켜야 하는지다. 화상 채팅을 이용해서 토론할 때는 의도하지 않게 다른 사람을 방해하는 일이 생긴다. 실수로 마이크를 켜놓고 있을 때 나오는 소음 때문이다. 이때 진행자가 직접 참여자의 마이크를 켜 달라거나 꺼달라고 부탁한다. 마이크 켜고 끄는 원칙이 없으면 모임 자체가 산만해지고 흐름도 끊긴다. 서로 방 해하지 않도록 본인이 이야기할 때만 마이크를 켜고 다른 때는 꺼놓도록 안내를 해준다. 조심하면 토론 전체 분위 기를 좋게 만들어준다.

셋째, 대화창을 어떻게 활용할지다. 화상 회의 플랫폼 에서도 문자 채팅창을 이용할 수 있다. 인터넷 접속에 문 제가 생겨 갑자기 소리가 잘 안 들리는 경우가 생긴다. 이 때 참여자들은 다른 회원들의 말을 들을 수 없어 불안해 한다. 토론 시작 전부터 플랫폼에서 제공하는 채팅창을 통해 인사를 남기고, 진행 중에도 간단하게 의견을 남기 면서 참여하도록 이끌어준다. 운영자는 토론 전에 채팅으 로 의견을 남겨도 된다고 알려주고, 인터넷 접속 문제로 발언하지 못하는 참여자가 채팅창에 글을 남기면 모두에 게 읽어주면서 함께하는 분위기를 만들어간다.

'운영 규칙'이라고 하니 엄격하게 느껴지지만 최대한 유연하게 생각하는 편이 좋다. 오프라인 모임이 불가능해서 생긴 방법이 온라인 모임 아닌가. 한 번 정했다고 반드시 유지한다고 생각지 말고 운영 규칙 항목을 추가하거나 빼면서 그 모임만의 원칙을 잡아간다. 운영자와 참여자가 의견을 모아 규칙을 만들면 좀 더 효율적이면서도 활기찬 모임을 만들어갈 수 있다.

05

온라인 모임 자료와
모임방 링크 공유 시기

온라인으로 고전 소설 읽기 모임을 진행하는 어느 책 모임 운영자는 토론 논제를 일찍 보내달라는 회원의 요청을 받았다. 하루 전에 보내던 자료를 이틀 전에 보내게 되었다. 모임 자료를 주고받는 과정은 모임마다 다르다. 이 운영자가 진행하는 다른 모임에서는 일주일 전에 자료와 모임방 링크를 공유하자고도 하고, 때로 진행자가 자료 전송을 잊는 일도 종종 있다. 공유할 온라인 모임의 자료는 언제 보내면 좋을까? 사전 자료와 당일 자료 두 가지로 구분해볼 수 있다. 출판사 소개 글, 언론사 인터뷰, 서평 등은 사전 자료, 논제는 당일 자료에 해당한다.

출판사 도서 소개 글을 비롯해 온라인에서 접할 수 있는 인터뷰, 서평 등의 각종 자료를 모임 전에 회원들에게 공유하면 흥미를 이끌어낼 수 있다. 책에 대해 전혀 몰랐거나 관심 분야가 아니었더라도 사전 자료를 접하면 참여 의사가 커질 수 있다. 따라서 미리 자료 공유 시간을 정해놓자. 회원들과의 소통을 위해 많은 운영자가 별도의 SNS 채널을 개설한다. 당일 접속 코드를 SNS로 공유할 수 있다. 누구나 접근할 수 있는 카카오톡이나 밴드를 많이 사용하고, 지속적으로 자료를 올리는 모임이라면 온라인 카페를 개설해 이용하기도 한다. 운영자에게 좀 더 수월한 방식으로 시작하고, 회원들의 의견을 받아도 좋다. 게시판에 모임 운영 방식과 규칙을 고지하고, 자료와 모임방 링크를 공유하는 시기를 정하면 좋다. 도서 목록이나 일정은 공지로 등록해놓아야 회원들이 우왕좌왕하지 않는다. 다음은 '30일 온라인 함께 읽기' 모임에서 공유된 에티켓 관련 규칙이다.

〈에티켓 요일과 시간 운영〉

● 요일: 토, 일요일은 주중에 읽은 내용을 정리하고 쉬는 시간입니다. 일정에 포함되지 않은 요일이니 참고 부탁드려요.

● 시간: 밤 12시 30분터 오전 7시까지 운영합니다. 저도 발췌 리드문을 9시 전에 올리겠습니다. 바쁘시겠지만, 서로를 응원하면서 다 함께 토론서를 완독하도록 해요.

※ 대화방 알림은 꺼놓으세요!

사전 자료를 운영자가 한두 번 올리다 보면 회원들도 자신이 접한 또 다른 자료를 올리기도 한다. 에티켓 시간을 정해놓으면 SNS로 소통하는 것에 대한 회원들의 불편함을 예방할 수 있다. '정보의 과다'라고 느끼지 않을 정도로 모임 전까지 두세 번 정도만 공유하는 것을 원칙으로 해놓으면 더욱 좋다.

다음으로 모임 당일에 필요한 자료인 '논제'를 생각해 보자. 논제와 함께 화상 채팅 프로그램 링크를 하루 전 공유하면 좋다. 개인 사정에 따라 갑작스러운 일이 생기기도 한다는 점을 감안하면 최소 하루 전에 링크를 공유해야 운영자와 회원 모두 잘 준비할 수 있다. 프로그램은 인터넷 환경을 기반으로 하므로, 어떤 상황이 발생할지 미리 알 수 없다. 접속이 끊어져 다시 접속해야 하는 경우도 발생한다. 최소 하루 전에 화상 채팅 링크를 공유하는 것을 원칙으로 하여 운영자와 회원 모두 자신의 인터넷 접속 환경을 미리 점검해보도록 돕는다. 링크를 전달할 적 논제도 함께 공유한다는 원칙을 정하면 자연스럽게 규칙성과 효율성이 생긴다.

운영자가 겪는 번거로움 가운데 하나는 화상 채팅 링크와 자료를 미리 공유했음에도 회원 중 누군가가 그것들을 언제 받아볼 수 있느냐고 할 때다. 너무 일찍 모임 자료를 공유할 때 이런 상황이 발생한다. 다른 대화들에 밀리기 때문이다. 대부분의 운영자는 최소 일주일 전부터 모임을 준비하지만 회원들은 그렇지 않다. 일정을 안내하는 날부터 책을 읽으며 준비하기도 하고, 전날 벼락치기식으로 책을 읽기도 한다. 따라서 모임 자료는 이틀 전에 공유하는 것을 권한다. 가령, 책 모임일이 일요일이라면 금요일에 전달하는 식이다. 흔히 논제는 당일에 함께 살펴보는데, 그렇더라도 최소 30분 전에는 공유해야 한다. 채팅방에 접속하고 논제를 훑기까지 예상보다 많은 시간이 걸리기 때문이다.

만약 처음 시작하는 모임이라면 자료와 링크 공유 방식을 운영자가 정해도 좋다. 회원들은 운영자가 정한 규칙을 따르게 되고, 모임이 반복되면 회원들과 의견을 나누어 세세하게 그 모임만의 규칙을 정하게 된다.

2장

온라인 책 모임에서의
문제와 해결법

회원을 모집하고 운영 규칙을 세워도 사람이 모이는 곳이라면 예상치 못한 문제가 발생하게 마련이다. 문제를 제대로 파악하지 못하거나 간과하면 그 모임은 불협화음을 내고, 결국 와해된다. 모든 일이 그렇지만, 책 모임도 마찬가지다. 발언 기회의 공정성 문제부터 완독률 문제 등 하나하나 헤아리기 어렵다. 관건은 얼마나 신속하고 정확하게 대처하느냐다. 문제 해결 속도와 정확도에 따라 모임의 취지와 지속력이 좌우된다. 이에 온라인 책 모임에서는 어떤 문제들이 발생하는지 알아보고, 그러한 문제들을 해결하는 방법을 안내해본다.

01 침묵 또는 다변 사이에서
소통을 원활하게 하는 법

대면 모임과 온라인 모임에서 운영자를 곤란하게 하는 공통적 상황은 두 가지가 있다. 먼저, 회원들이 침묵할 때다. 다른 하나는 특정한 몇 사람이 말을 아주 길게 할 때다. 어느 쪽이 더 힘든지 가릴 수 없을 정도로 운영자는 진땀을 흘린다. 서로 말하겠다고 다툴 정도는 아니더라도 회원들의 발언이 물 흐르듯 이어지고, 한 사람이 2분 내외로 간결하게 이야기해야 이상적인데, 그렇게 안 될 때가 많다. 운영자가 어떤 회원들을 만나느냐에 따라 분위기가 다르다. 지인끼리의 모임이 아니라

SNS를 통해 참여자를 모집한다면, 회원으로 누가 올지 모르고 인원을 딱 정할 수도 없다. 이에 책 모임에서 침묵이 흐를 위험을 방지하는 방법을 소개한다. 자유롭게 발언을 시작하라고 하면 다들 처음엔 어려워한다. 순서를 정해놓으면 자연스럽게 시작한다. 화상 채팅으로 책 모임을 할 때 다음과 같은 기준으로 순서를 정하면 도움이 된다.

첫째, 책 별점과 소감은 진행자 기준으로 왼쪽 또는 하단 맨 오른쪽에서 순서대로 이어가게 한다. 이런 멘트로 자연스럽게 진행하면 된다.

"책 별점과 소감을 나누는 시간을 갖겠습니다. 저를 기준으로 화면 상단 맨 왼쪽에서부터 시작해서 한 분씩 순차적으로 말씀을 합니다. 제가 줌에서 보이는 순서대로 이름을 부르겠습니다."

이때 왼쪽과 오른쪽 중 어느 쪽 회원의 얼굴이 편해 보이는지 살펴보고 선택해도 좋다. 판단이 선다면 회원의 이름이나 닉네임을 부르며, 시작하자는 신호를 준다. 자기 순서가 되면 회원들은 대체로 어렵다는 의사 표현보다 간단히라도 말하는 쪽을 선택한다.

별점과 소감을 한꺼번에 이야기하지 않고 분리해도 괜찮다. 회원들은 별점만 먼저 말할 때 부담을 덜 느낀다. 한 사람씩 순서대로 별점을 이야기한 후, 높은 별점과 낮은 별점을 왔다 갔다 하면서 소감을 듣는 방식도 괜찮다. 이때 좋은 점과 아쉬운 점이 적절히 배분되므로 참여자들이 흥미를 갖게 된다.

둘째, 운영자는 별점과 소감을 나누는 시간에 회원들의 분위기를 살핀다. 발언이 잘 안 나올 듯싶으면 소감을 편하게 말하던 회원에게 의견을 물어본다. 운영자가 경직된 분위기를 부드럽게 해주는 안내도 시도해본다. 이런 멘트가 도움이 된다.

"처음 말씀하신 분은 아무도 이야기하지 않을 걸 말할 수 있어요. 뒤로 갈수록 하고 싶은 말을 누군가가 해버려서 당황하게 됩니다. 먼저 용기를 내보세요."

운영자의 이런 말에는 보통 참여자들이 웃음을 터트리고 누군가가 해보겠다고 나서기도 한다. 무엇보다 진행자가 긴장하지 않아야 한다는 점이 중요하다. 마음의 준비를 할 시간을 주는 동안 운영자는 기다리는 연습을 한다고 생각한다. 아래 세 가지를 염두에 둔다.

- 토론자 모두가 말하고 싶어 하지는 않는다. 누군가는 말하기보다 듣고 싶어서 나온다.
- 처음부터 말을 잘하는 사람은 없다.
- 말을 하고 싶어 하지만 잘하지 못해 망설일 수 있다.

침묵도 소통의 흐름을 깨뜨리지만 한 사람이 다변가일 때도 마찬가지다. 혼자서 말을 길게 하는 회원이 있다면 다른 회원들이 지루해하거나 불편해하기 때문에 침묵이 흐를 때보다 더 나쁘다. 심각하면 모임 참여율을 떨어뜨리는 주요 요인으로 작용한다. 참여자가 자기 말에 열중하고 있을 때 중간에 끊기 힘들다. 갑자기 중단을 요청받으면 발언자가 기분 나빠할 수 있다. 이런 걸 방지하기 위해서 운영자는 발언 시간에 대한 규칙을 시작하기 전에 미리 안내한다. 두 가지 방법이 필요하다. 하나, 모임을 시작하기 전에 한 사람당 이야기할 시간을 알리고 둘, 한 명이 길게 말할 때 정리하는 신호를 준다는 걸 알려준다.

"다양한 의견을 듣기 위해서 한 사람 발언 시간은 1분에서 2분으로 합니다. 자신도 모르게 말이 길어질 수 있는데요, 그런 경우 진행자인 제가 신호를 드리겠습니다. '네~네, 네네' 이렇게요. 제가 이렇게 호응한다면 말이 길었구나 생각하고 빨리 마무리해주세요."

회원들이 '네~네'를 확실하게 인지할 수 있도록 실제처럼 보여준다. 다른 신호로 정해도 괜찮다. 서로 기분 좋은 상태로 간결하게 이야기하는 시간을 통해서 알찬 토론이 이루어진다. 침묵을 깨트리고, 말을 길게 하는 사람에게 신호를 주는 실전 연습을 하면 운영자의 진행 실력도 는다.

말을 하지 않는 회원, 혼자서만 이야기하려는 사람은 어디서나 만날 수 있다. 피할 수 없고, 결국 부딪혀야 할 난관이므로 실전에서 연습하면서 노력한다. 처음에는 잘되지 않아도 포기하지 않는다면 조금씩 나아진다.

물론 자책은 금물이다. 모임 분위기가 가라앉거나 한 사람이 길게 이야기하면서 옆길로 샐 때도 있는 법이다.

자기 잘못이라는 생각에 사로잡히면 긴장해서 대처 능력이 떨어지므로 자연스러운 현상이라고 생각하며 접근하기로 한다.

02 대기 시간을 활용하는 법

온라인 책 모임은 보통 자신이 있는 곳에서 진행된다. 회원은 그냥 접속만 하면 되지만, 운영자는 접속을 확인하기 위해 미리 방을 개설해놓는다. 처음으로 모임을 진행하는 경우, 많은 운영자가 진행 자체에만 신경 쓰느라 회원들이 접속한 후 대기하는 시간이 있으리라는 걸 예상하지 못한다. 어떤 운영자는 이 대기 시간 동안 무엇을 해야 하는지 진땀을 뺐다고 토로하기도 한다.

대기 시간을 진행 전 대기와 중간 대기 시간으로 나눠서 생각해보자. 두 시간 정도 진행되는 경우에는 처음 접속 후 발생하는 대기 시간 외에도 중간 휴식 시간도 생기게 마련이다. 온라인으로 진행되는 프로그램은 그 나름의 피로도가 있어 이런 중간 휴식 시간을 두는 편이다. 이럴 때 이렇게 해보자.

첫째, 접속 대기 시간이다. 대부분의 참여자는 모임 전에 들어오게 되면 오디오와 비디오를 끄고 있다. 운영자는 미리 회원들의 기능 설정을 해놓거나 '비디오와 오디오는 끄고 대기하기'라고 안내하는 편이 좋다. 각종 소음들이 공유되는 위험성이 있기 때문이다. 한 직장인은 자신의 민망한 경험을 이야기해주었다. 처음으로 온라인 모임에 접속했는데, 좋아하는 노래를 늘 하던 대로 흥얼거리고 있었다. 음소거가 안 된 상태에서 자신의 노래가 회원들에게 들렸다. "와 노래 잘하시네요!"라는 말을 듣고서야 알아차렸다. 운영자가 미리 방을 열어 하나하나 음소거를 해줄 수도 있지만 여의치 않은 경우도 있다.

소음이 발생하는 것과 반대로 처음으로 시작하는 모임의 경우 긴 침묵이 흐르기도 한다. 만약 이때 줌으로 화상 회의를 하고 있다면 화면 공유 기능을 적극 활용하는 것을 추천한다. 이 기능은 동영상이나 컴퓨터 소리를 공유할 수 있어 그것으로 분위기를 좀 더 편안하게 만들 수 있다. 유튜브에서 몇 가지 음원을 기억해놓으면 좋다. 조용한 분위기가 필요하다면 카페 음악이나 책 읽을 때 듣기 좋은 음악을 들려준다. 모임에 따라 영화OST를 좋아하는 회원들도 있다. 일명 백색소음을 검색해보고 모임에 맞게 재생하는 것도 좋은 방법이다. 주제에 따른 검색 키워드로는 '카페 음악'이나 '공부하기 좋은 음악' '계절에 맞는 음악' '명상 음악' 등이 자주 이용된다.

다음은 회차별로 대기 시간에 무엇을 할지 고민해보는 것이다. 처음 만나는 자리라면 자기소개의 시간을 가져볼 수 있다. 참여한 회원들 스스로 소개하는 방법을 고민해본다. 단순히 이름만 말할 수 있으므로 운영자는 미리 어떻게 소개할지 안내해준다. 자신과 책에 대한 주제, 이번 모임에서의 다짐, 나를 어떤 사람이다 정도를 말해달라고 제시해도 좋다. 시간은 대략 10분으로 잡고 대기 시간과 토론 시간에 걸쳐 활용하면 좋다. 그 이상의 시간을 들이면 책 모임 본연의 목적을 잃어버릴 수도 있다. 책 모임이 계속 이어지고 있는 상황이라면 자기소개 대신 최근 근황, 기쁜 일 한 가지를 말해보자. 슬픈 일보다는 그동안의 기쁜 일이나 반가운 소식을 떠올려보고 회원들의 축하를 받는 시간으로 만드는 것이다. 미리 회원 한 명당 1분 이내로 시간을 들여달라고 한다.

둘째, 휴식을 위한 중간 대기 시간이다. 두 시간 정도로 진행된다면 반드시 5~10분간 휴식을 취할 것을 권한다. 짧은 시간이지만 집중력을 다시 높이는 데에 도움이 되므로 진행자 입장에서도 필요하다. 줌으로 화상 채팅을 무료로 사용한다면 40분이라는 제한 시간이 있다. 토론 시작 후 40분이 되면 자동으로 모두 방에서 나가기가 된다. 만약 무료로 화상 채팅을 진행한다면, 미리 이에 대해 회원들에게 안내를 하고, 40분 후 자동으로 5~10분간 휴식을 취하면 좋다. 만약 유료로 줌 화상 채팅방을 이용한다면 모두 접속한 상태에서 휴식을 취하되, 미리 회원들에게 음소거와 비디오 *끄*기를 해달라고 요청한다. 만약 회원들이 이를 소홀히 한다면 운영자가 확인하여 음소거를 해줄 필요가 있다. 대기 시간에는 책과 관련된 영상을 화면 공유 기능으로 보여주거나, 음악을 공유하면 된다. 물론 진정한 휴식의 의미로 아무것도 하지 않아도 된다.

덧붙여 모임 시작 전에 화면 공유 기능을 활용해 해당 모임에 대한 안내를 해본다. 운영자는 대기 화면의 프로필 설정에도 조금 신경을 쓰면 좋다. 책 모임의 프로필을 대기 화면으로 활용한다. 책 표지 이미지를 내 비디오 대기 화면으로 설정하거나, 운영자를 나타내는 이미지를 만들고, 계절감이 느껴지는 멋진 사진을 띄워도 좋다. 온라인 책 모임에서 생길 수밖에 없는 긴장감과 낯섦을 조금이라도 풀어줄 수 있는 아이디어라면 무엇이든 활용해본다.

03 회원들의 완독률이 떨어질 때 운영하는 법

책 모임 운영자의 많은 고민 중 하나는 회원들의 완독률이다. 5년 동안 책 모임을 운영하고 있는 한 운영자는 어느 날 한 진지한 고민을 털어놓았다. 몇몇 회원이 책을 읽지 않고 참석한다는 것이다. 한두 번이면 괜찮지만, 근 6개월 정도 지속되다 보니 차츰 다른 회원들도 책을 안 읽어 오는 것 같다는 것이다. 운영자 입장에서 고민된다. "책은 안 읽었지만, 이야기는 듣고 싶어요"라는 회원이 한두 명이고 분위기가 활발하다면 문제되지 않지만, 정작 책을 못 읽어 오는 회원이 많아질 때는 걱정이 된다. 책 모임인지, 사교 모임인지 구분이 어려워져서다. 주로 책에 대한 내용보다는 안부를 나누는 비중이 커진다. 만남에만 의미를 두는 회원이 많아진다면 책 모임의 본질은 흐릿해진다. 5년 차 책 모임인 '북두레'도 마찬가지였다. 회원들은 10여 명을 넘는데 완독률은 30퍼센트가 되지 않아서 운영자의 고민은 깊어졌다. 책을 계속 안 읽어 오는 회원을 복잡한 심경으로 바라보던 운영자는 '책도 안 읽으면서 왜 오는 거지'라는 생각까지 들었다. 앞선 책 모임 운영자의 속내도 같았다. 회원들은 만남 자체에 의미를 두지 속이 타는 사람은 대체로 운영자뿐이다. 운영자라면 한 번쯤 봉착하는 문제인데, 이들의 진짜 고민은 이것이다. '책을 안 읽고 참여해도 된다'는 생각이 당연해지는 분위기.

회원들의 완독률이 모임 분위기에 영향을 주는 건 사실이다. 진지하게 책을 읽어 온 이가 많을수록 모임의 깊이도 달라진다. 진행자의 마음가짐 중 하나는 '모두가 책을 읽고 온다는 기대를 버려라'이다. 어떤 모임이든 사람을 모으는 건 쉽지 않다. 책 모임 목적이 영리도 아니고,

책을 통해 이야기를 나누는 것이 참여하는 주동기가 된다면 그 자체로 충분하다. 이런 관점으로 회원을 바라본다면 복잡한 마음이 조금은 가라앉는다. 회원들은 완독하지 못한 다른 회원에 대해 별다른 생각을 하지 않는다. 자신의 이야기를 나누기 위해 모임에 참여하기 때문이다.

중요한 것은 책 모임에서 책은 사람과 사람의 관계를 이어주는 매개체라는 점이다. 책을 계속 읽지 못하면서도 꾸준히 참석하는 회원에게는 "왜 책을 안 읽어 오세요?"라는 힐난보다는 "듣기 위해서 이렇게 참석하셨군요"라는 격려가 필요하다. 읽지 못한 사정이 있음에도 불구하고, 다른 이들의 이야기를 듣기 위해 참석하는 회원이 꾸준히 완독해 오는 회원만큼 중요하다. 많은 책 모임 회원들이 완독하지 못한다는 자책감 때문에 탈퇴를 하곤 한다. 운영자들이 회원들에게 탈퇴의 이유로 많이 듣는 답변이 '완독의 어려움'이기도 하다. 다른 이들은 척척 읽는 책을 나 혼자 읽지 못한다는 부담을 느낀다. 책을 다 읽지 못해도 들으려고 참여하는 회원은 모임에 대한 애정이 큰 사람이다. 듣기를 통해 많이 배우고자 하는 유형이다. 북두레 회원 중 한 명은 책은 잘 읽지 못했지만, 꾸준히 참석을 했다. 회원들의 말을 잘 듣기 위해 온다고 했다. 앞에서 고민을 토로한 두 운영자는 책을 읽지 않았지만 참석하는 회원도 책 모임에 애정이 있다는 말을 듣고 안도했고, 회원들에게 감사함을 느꼈다고 한다. 이런 마음의 태도는 오히려 회원들에게 좋은 영향을 미친다. 책을 잘 안 읽어 오던 회원이 언제든 반가운 기색으로 맞아주는 운영자와 회원들 덕분에 이제는 미리미리 읽어 모임을 준비하려 노력한다고 한다.

책을 못 읽고 오는 회원도 언제든지 성장하고 변화할 수 있다. 함께 읽기가 그 변화와 성장의 계기를 마련해준다. 책을 잘 읽어 오는 회원도 있지만 그렇지 않은 사람도 존재한다. 책 모임은 단체로 하는 등산과 같다. 산을 잘 타는 사람은 보통 뒤에서 간다. 등산을 어려워하는 이들을 격려하고 응원하기 위해서다. 자신이 참여하는 책 모임이 완독을 힘들어하는 이들이 잘 참여하고 완독률을 높일 수 있도록 격려하는 토론의 장이 되길 바란다.

04 ⟩ 도서 분야별 토론 만족도를
높이는 법

어느 책 모임 회원의 고민은 도서 분야였
다. 회원들은 문학을 좋아하는데 자신은 역사책을 더 선
호해서 같이 읽자고 해도 괜찮을지 고민했다. 총 여덟 명
이 참여하는 이 모임에서 자신을 빼면 모두 문학 열혈
독자라고 했다. 역사책을 함께 토론해보고 싶은데, 어떻
게 논제를 만들고 진행해야 할지 감이 잡히지 않아 두
달째 말도 못 꺼냈다. 어떤 분야의 도서냐에 따라 모임
진행 방법에 차이가 있다. 회원도, 책도, 토론 성격도 조
금씩 달라진다. 역사책으로 토론을 하고자 했던 회원의

모임에서도 확실히 드러났다. 장편 소설로 토론할 때는 열두 명이 참여했지만 역사책으로 토론하자 모임 전날까지 취소자가 다섯 명이나 나왔다. 제안을 했던 사람은 당일에도 취소자가 나올까 봐 불안했다. 이러다 한둘만 남게 되진 않을지, 그렇다면 어떻게 모임을 운영해야 할지 막막했을 법하다.

이런 상황에 예로 들 만한 책 모임으로는 '정의로운 책 읽기'가 있다. 정치, 역사, 사회 분야별로 한 권씩 책을 정하고 30일간 매일 함께 읽고 토론하는 방식이다. 청소년 이상이면 누구나 참여하는 온라인 책 모임이었다. 함께 읽은 책으로는 『세월호, 그날의 기록』(진실의힘, 2016), 『6월 항쟁』(돌베개, 2011), 『죽음을 넘어 시대의 어둠을 넘어』(창비, 2017), 『사법부』(돌베개, 2016)였다.

한 달간 매일 카카오톡 단체 채팅방에 그날 읽은 분량과 발췌, 단상을 쓰는 방식이었다. 역사의식이 깊어지고, 시야가 넓어졌다는 소감이 이어졌다. 『세월호, 그날의 기록』은 책 모임이 아니었으면 결코 혼자 읽기 어려웠을 것이라며 많은 이가 함께 슬픔을 표했다. 한 달의 책 모임이 끝나면 토론 시간을 나누었다. 미리 토론일을 공지하고 신청을 받았다. 역사서는 함께 읽기 좋은 분야 중 하나다.

한편, 실용서 독서 모임의 한 회원은 문학 토론 방법 때문에 고민하기도 한다. 그 회원은 문학을 읽은 경험이 짧은데도 퓰리처상 수상작을 골라 문제에 봉착했다. 2020년 퓰리처상 수상작 『니클의 소년들』(은행나무, 2020)은 작가 콜슨 화이트헤드에게 퓰리처상 역사상 최초로 '두 번의 수상' 영예를 안겨준 작품으로 유명하지만 문학 독서 초보자가 읽기에는 어려울 수 있다. 역시나, 추천 평과 달리 책장이 넘어가지 않았고, 작가 의도를 파악하기 어려웠다. 인터넷 서평들은 하나같이 호평 일색이라 더 위축되었다. 그 회원은 도대체 문학 토론은 어떻게 진행해야 할까 고민에 빠져 있다.

책 모임은 보통 분야를 가리지 않고 이루어지니, 각 분야의 결을 살려 운영하면 좋다. 뿌리는 늘 '책'이다. 어떤 책을 토론할지에 따라 모임 운영의 방향이 조금씩은 달라진다.

첫째, 문학 토론의 경우다. 독자들은 문학을 읽으며 자신을 대입해서 감상한다. 나라면 어땠을지 자문하며 읽는다. 작가가 만든 여러 인물에게 몰입하며, 각각의 특징에서 자신의 내면을 확인한다. 자연스레 문학 토론에선 자기 이야기가 나올 수밖에 없다. 운영자는 주제 도서의 특성을 자세히 파악하여, 회원들이 깊이 몰입할 지점과 의문을 가질 부분을 예상하여 논제를 만든다. 책을 중심으로 한 토론이지만 자기 이야기를 할 수 있도록 배려한다. 다른 사람들의 공감을 얻지 못할 자의적 해석이 나올 때 너무 길어지지 않도록 조율한다. 회원들이 매우 선호한 작품이라면, 해당 작가의 다른 책을 함께 읽자고 제안해본다.

둘째, 인문서 모임이다. 인문서도 역사, 철학, 언어학 등 여러 갈래로 나뉜다. 다양한 갈래를 교차로 구성해 폭넓게 읽으며 인문 교양을 쌓는 과정으로 목록을 꾸린다. 핵심은 한 분야에 치우치지 않아야 한다는 점이다. 인문서 초보자도 읽을 수 있는 책이면서, 적당한 깊이를 보여주는 도서면 좋다. 너무 이것저것 짚기만 해 깊이가 없다거나, 배경지식이 부족해 따라갈 수 없어 좌절했다는 반응이 나오지 않도록 책을 고른다. 인문서를 토론할 때는 사회, 문화, 역사적 배경과 그 책에서 핵심적으로 다루는 사건이 적절하게 섞이는 대화를 유도한다. 회원들이 깊이 고민할 수 있는 지점, 토론의 주제가 다양한 책이면 좋다.

셋째, 인문서 중에 특별히 역사서를 따로 짚어본다. 길고도 광범위한 역사의 갈래에서 어느 나라의, 어느 시대의 역사를 읽을지 고민한다. 한두 번의 모임으로 끝나지 않을 책을 읽는다면 모임 후에도 부족하다는 아쉬움이 남기에 1회 토론으로도 마무리되는 역사서를 신중히 고른다. 적당한 포만감을 줘야 한다. 한 권을 뿌듯하게 끝냈으니 다음 책을 읽어봐야겠다는 자신감이 느껴지도록 선정한다. 저마다의 역사 지식과 관점이 다르다는 점을 고려한다. 너무 전문적인 책을 고르면 곤란해진다. '이번 기회에 도전해야겠다!'라며 함께 달려들었다가 포기하는 이가 속출할 수도 있다. 충분한 예시와 근거, 저자의 편향된 시각이 배제된 설득력 있는 책이면 좋다. 운영자는 책을 반복해서 읽으며 부족한 지식을 메모해둔다. 모임이 시작되면 각자의 배경지식 차이가 선명하게 드러난다. 잘 아는 사람이 너무 많은 말을 하지 않도록, 잘 모르는 이가 위축되지 않도록 균형 잡힌 진행을 해야 한다. 역사서로 책 모임을 하면 학구적인 분위기가 형성되기도 한다. 참여자들은 이런 분위기를 타 더욱 깊이 공부하는 기회로 삼기도 한다. 이때 운영자는 소외되는 사람이 없도록, 학습 분위기를 강요하지 않도록 잘 살펴본다.

어느 분야의 책으로 토론하든 회원 간의 이런저런 격차가 심하게 벌어지지 않도록 이끌어야 한다는 점은 공통된 유의 사항이다. 운영자의 취향이나 욕심에 치우쳐 책을 고르진 않았는지 늘 신경 쓴다. 나만이 아닌 '함께 성장한다'는 기쁨을 느낀다면 어떤 분야의 책으로 토론하든 만족도가 높아진다.

05 의견 충돌이 일어날 때 조율하고 중재하는 법

책 모임을 하다 보면 선호 성향이 나뉘는 순간을 종종 접한다. 누군가는 영상을 더 즐기고, 다른 누군가는 텍스트를 더 선호한다. 원작과 2차 저작물이 있는 책 모임을 할 때 이런 경향은 더욱 두드러지게 나타난다. 베른하르트 슐링크의 장편 소설 『책 읽어주는 남자』(시공사, 2013)가 그런 책의 예다. 영화명은 〈더 리더: 책 읽어주는 남자〉인데, 영화와 원작을 두고 팽팽한 의견이 맞섰다. 비경쟁 독서 토론에서 보기 어려운 순간이라 진행자는 바짝 긴장할 수밖에 없었다. 자신을 '영화

광'이라고 말하던 회원은 이 영화를 연출한 감독 스티븐 달드리의 열혈 팬이라며 대단히 훌륭한 작품이라고 극찬했다. 이 회원은 책 모임 중 감독의 다른 작품을 예로 들며 연출의 경향까지 설명했다. 자신은 영화에서 음악을 매우 중요하게 생각하는데, 이 작품 역시 OST가 매우 뛰어나다며 화면 공유 기능으로 재생해주기까지 했다. 그에 반해 원작에는 큰 실망감을 표했다. 소설을 즐겨 읽지 않아서 그런지, 가독성이 떨어진다는 느낌을 받아 영화보다 감흥이 덜했다는 것이다. 진행자는 다음 의견을 기다렸다.

느닷없이 다른 회원이 질문을 던졌다. "영화가 원작을 훼손했다는 생각은 안 들었나요? 저는 감독의 역량이 형편없게 느껴지더라고요." 원작에 실망했던 회원은 당황한 표정으로 잠시 말을 잇지 못했지만 이내 자신의 생각을 차근차근 말했다. 원작을 그대로 구현한다면 영화를 볼 이유가 없으며, 감독의 역량 또한 형편없다고 볼 수 없다는 것이다. 감독의 손에 넘어간 후에는 영화 자체로 존재해야 한다는 의견이었다. 질문을 던진 회원은 문학 애호가로서 다른 생각을 풀어놨다. '원작을 바탕으로 한 영화라면, 원작을 읽은 독자들의 기대를 어느 정도는 채워줘야 하는 것 아니냐, 관객몰이에만 혈안이 돼 원작을 쓴 작가의 의도를 훼손한 느낌마저 든다, 따라서 감독은 비난을 받아 마땅하다.' 1년에 영화 한두 편 관람이면 충분하다는 이 회원은 영상보다는 활자를 압도적으로 사랑하고, 근무 시간 외 대부분은 책을 읽으며 지낼 만큼 애독가이다. 이렇게 회원들의 취향이 극과 극으로 갈리는 일은 온라인이든 오프라인이든 어디에서나 언제든 일어날 수 있고, 이때만큼 진행자의 역량이 중요한 순간이 없다.

진행자라면 고민이 깊어질 수밖에 없다. 나서서 중재와 조율을 해야 할지, 지켜만 보고 있어야 할지 선뜻 선택하기 어렵다. 자칫 한쪽의 편을 드는 것처럼 느껴질까 봐 행동을 주저하게 된다. 어떻게든 나서서 상황을 정리해야 한다. 갈등의 내용이 토론에서 벗어나거나 이런 상황이 길어지면 참여자 모두 불편해진다. 이때의 대처법 세 가지를 정리해본다.

첫째, 고조된 의견 충돌을 중재한다. 우선 "네네" "잠시만요" 같은 짧은 말로 대화를 중단시킨다. 뒤잇는 말이 매우 중요하다. 무조건 말을 끊었다는 인상을 주면 안 되기 때문이다. 앞의 상황을 예로 들면 이런 식으로 열기를 식혀주면 좋겠다. 다음과 같은 말을 하면 도움이 된다. "잘 들었습니다. 다만 원작이 훼손된 것 같다는 주장이신데요, 그에 대해선 충분히 들었으니 다른 분의 의견도 들어보겠습니다." "잠시만 쉬었다가 다시 의견을 보태주셔도 좋겠습니다."

둘째, 명료하면서도 부드러운 말로 토론을 중단시킨다. "여기까지 듣겠습니다"라는 표현이 무난하다. 이어 "일단 여기까지 듣도록 하고요, 다른 의견도 들어보겠습니다"라며 자연스럽게 화제를 전환한다. 두 사람의 격한 충돌 외에도 다른 의견이 있다는 점을 주지시킨다. 지시형이 아닌 부드러운 권유형이어야 한다는 점, 진행자의 의지가 명료해야 한다는 점이 핵심이다.

셋째, 모임 시작 전에 1인 발언 제한 시간을 공지한다. 보통 1~2분이 적당하다. 그러면 "네, 시간이 다 됐는데

온라인 책 모임 잘하는 법

요" 같은 말로 주의를 돌릴 수 있고, 한 사람이 장황하게 비슷한 말을 반복하지 않도록 하는 데에 도움을 준다. 갑자기 발언 중 끊는 느낌이 들지 않도록 꼭 미리 공지해야 한다.

이 밖에 다양한 표현을 활용하여 책 모임이 두 사람만의 격론 시간이 되지 않도록 중재한다. 그래야 책에 대한 더 다양한 시각을 나눌 수 있다. 진행자가 타이밍을 놓쳐서 어영부영하다 역할을 제대로 못 하면 신뢰를 잃어버릴 수도 있으니 적절하게 관여하고 경청하는 연습부터 해보자.

06

온라인에서만
소극적인 회원을 대하는 법

책 모임 '책빛마루'는 오프라인 책 모임이다. 코로나19로 인해 온라인으로 전환하자는 의견이 나오자 회원들 간 의견이 분분했다. 누군가는 온라인 책 모임을 환영하는가 하면 또 어떤 이는 전문가들의 모임이 아닌 취미로 참여하고 있는데 굳이 비대면으로까지 해야 하는지 의문을 던지기도 했다. 조용히 있던 다른 회원도 비슷한 의견이었다. "만나서 나누는 독서 모임만의 즐거움이 있잖아요. 그 어떤 온라인도 오프 모임을 대신할 수는 없지요." 이 회원은 60대 초반의 시니어이지만 책 모임 참여율과 열정이 둘째가라면 서러워할 정도로 가장 높았다. 이런 회원이고 보니, 온라인 모임에 소극적인 태도를 보이자 다른 회원들은 의아해했다. 책빛마루 회원들은 결국 코로나19로 인해 사회적 거리두기가 시행되면서 다수결에 따르기로 했다. 멈췄던 책 모임은 온라인으로 다시 시작되었다.

온라인 첫 모임이었다. 운영자가 링크해준 곳으로 모두 접속했다. 그 시니어 회원만 시간이 지났는데도 나타나지 않았다. 운영자가 카카오톡 단체 대화방에서 이름을 부르자 "지난번 링크해준 줌으로 들어왔는데 소리도 들리지 않고 잘 모르겠어요.ㅜㅜㅜ"라는 메시지를 보냈다. 다시 한번 운영자가 마이크 설정을 안내해주었다. 그러자 그 회원은 "진행하세요. 괜히 저 때문에 늦는 것 같아요. 죄송해요. 다음에 참여할게요"라는 메시지를 남겼다.

특정 회원들이 온라인 책 모임에 소극적인 이유를 한 가지로 말하긴 어렵지만 이 일화에서 보듯이 인터넷 환경에 대한 두려움과 거부감으로 정리할 수 있다. 시니어 회원은 세대 특성상 디지털보다는 아날로그적인 만남을 선호한다. 책이나 신문도 인쇄물을 더 편하게 생각한다. 책 모임에 참여하던 많은 시니어 세대 회원이 오프라인 모임에서만 느낄 수 있는 정서를 인터넷 공간이 대신할 수 없다고 생각한다. 꼭 시니어 세대만이 그런 것은 아니다. 청년이나 중년 세대 중에도 온라인 모임을 회피하는 이들이 있다.

이처럼 책 모임에 잘 참여하던 회원이 온라인으로 전환했을 시 소극적인 태도를 보인다면 먼저 원인이 무엇인지를 살펴봐야 한다. 크게 두 가지 이유로 생각해볼 수 있다. 하나는 기술적 조작에 대한 두려움이고, 다른 하나는 디지털 자체에 대한 정서적 거부감이다. 만약 온라인 플랫폼 사용법을 잘 몰라서 그렇다면 그에 익숙해지도록 도움을 준다. 사전에 온라인 채팅방에서 사용법을 익힐 수 있도록 함께 연습하는 것도 좋은 방법이다.

물론 사전 연습까지 해도 소극적인 경우가 있다. 이는 기술적인 낯섦을 떠나 온라인 환경 자체에 대한 근본적인 거부감 때문이다.『아날로그의 반격』(어크로스, 2017)에서는 "아날로그라는 개념은, 제품의 물성을 차치하더라도,

인간과 사물 사이에서 가능한 경험"이라며, "사람들은 경험을 그리워하기 시작"했다고 한다. 앞의 시니어 회원처럼 종이 신문을 그리워하는 이들은 "읽는 경험에서 진짜 가치를 찾는 사람들"이다.

아날로그 감성 때문인 회원이라면 구시대라는 선입견을 버리고 '그럴 수도 있구나'로 이해하고 수용할 줄 알아야 한다. 책 모임의 중심은 책과 사람이며, 책보다는 사람이 먼저이므로 사람을 이해하는 데에서 출발해야 한다. 아날로그 정서를 충분히 헤아리고 그에 대한 공감을 표한 뒤 온라인 플랫폼을 안내한다. 이때 아주 사소하다고 생각되는 것부터 시작한다. 가령, 줌이라는 화상 채팅 애플리케이션 활용법을 안내한다면, 핸드폰에 다운받을지, 노트북이나 컴퓨터에 설치할지부터 물어가며 시작한다. 이렇게까지 세세히 알려주어야 하나 싶은 것부터 차근차근 짚어가면서 온라인 환경에 익숙해지도록 돕는다. 더불어 정식 책 모임이 아닌 가볍게 근황을 묻거나 안부 정도의 대화를 나누는 사전 모임으로 연습을 해본다. 이런 가벼운 예행을 통해 온라인 책 모임에 대한 두려움도 사라지고, 정서적 거부감도 줄일 수 있다. 결국 온라인 모임도 사람과 책이 중심이라는 사실을 느끼게 된다.

독서 모임 책빛마루의 시니어 회원은 위와 같은 과정을 거쳐 오프라인에서뿐 아니라 온라인에서도 적극적인 참여자가 되었다. 진행자와 회원들 덕분에 "온라인에서도 사람 냄새가 날 수 있다는 걸 알았어요. 제가 경험하지 않아서 두려웠던 것이 저를 가두게 했던 것 같아요. 요즘 같은 세상에 이렇게라도 책 모임을 하지 못했다면 우울했을 것 같아요. 온라인 책 모임을 할 수 있어 정말 다행이에요"라며 긴 소감을 남겼다. 함께하고자 하는 의지가 있다면 단점으로 생각되던 것이 장점이 될 수 있다.

07 채팅 화면 온오프를 반복하는
회원을 관리하는 법

　　온라인으로 책 모임을 하다 보면 계속 화면을 껐다 켰다 하는 회원이 있다. 잠시 이동하기 위해 부득이 움직이는 상황도 있지만 준비가 미숙해서 그런 경우도 많다. 한 도시에서 진행한 온라인 독서대전의 경우가 그 사례다. 10명의 회원을 모집했고, 이 중 대부분은 온라인 화상 채팅 애플리케이션 줌을 경험해본 적이 없는 회원이었다. 줌 기능을 안내하기 위한 사전 모임이 필요했다. 모임 30분 전에 안내 및 설명 시간을 갖기로 했지만 참여 회원이 없었다. 결국 사전 모임 없이 책 모임을 시작했다. 10명 중 줌을 사용해본 회원은 고등학교 교사인 회원 외 2명이었다. 줌 기능에 익숙지 않은 회원들은 비디오 기능을 켰다 끄기를 반복했고, 결국 온라인 독서대전 모임의 전체 질이 떨어질 수밖에 없었다.

이와 달리 사전 모임을 해본 사례도 있다. 줌 기능을 간략하게 안내하고 시작한 책 모임이었다. 다행히 회원들이 줌 조작을 잘했고 별 무리 없이 책 모임을 진행했다. 문제는 모임 중간쯤 접속한 회원이었다. 한창 책 이야기를 하고 있는데 불쑥 나타난 회원이 "아아, 제 목소리 들리나요"를 시작으로 화면을 계속 껐다 켰다. 중간에 "○○ 님 목소리 잘 들립니다"라고 반응했지만 그는 아랑곳없이 "아아" 하면서 마이크를 테스트하기도 했다. 진행자의 목소리가 들리지 않는 듯했다. 진행자는 원활한 토론을 위해 음성과 화상이 아닌 채팅창으로 참여해달라고 안내했다. "현재 논제 3번 진행 중입니다. 의견 있으시면 채팅창에 남겨주세요." 묵묵부답이었다. 온라인, 오프라인이 계속 이어지자 책 모임은 잠시 중단되었고, 결국 그 회원은 채팅창에 다음 주에 참여하겠다는 한마디를 남기고 유유히 사라졌다.

비슷한 사례가 많지만, 중간에 합류하는 회원이 있을
때에도 이 같은 상황이 발생한다. 처음부터 함께 시작한
회원들은 사전 모임과 여러 차례 화상 채팅으로 토론하며
능수능란하게 조작하지만 중간에 합류하면 아무래도 다
른 회원들보다 여러 가지 면에서 미숙할 수밖에 없다.

화면을 켜고 끄기를 반복하는 회원들의 공통점은 네 가
지다. 첫째, 온라인 플랫폼의 사용에 미숙하다. 이런 회원
은 개인이 미리 줌 기능을 익히거나 사전 모임이 있을 때
참석해서 조작 기능을 익히면 훨씬 더 편안하게 모임에
참여할 수 있다. 둘째, 중간에 합류한 회원들이다. 책 모임
이 이미 절반 이상 진행되어 안정적인 단계에 접어들었지
만 중간에 합류한 회원은 시작 단계에 있다. 누구에게나
서툰 시기는 있다. 하지만 그 서툶이 모임 흐름에 방해가
된다면 다음 모임에 참여하는 편이 좋다. 중도 참여자가
합류할 때마다 화상 채팅 기능을 안내할 수는 없다. 셋째,
책 모임 운영자의 말을 귀담아 듣지 않는 회원이다. 어떤
만남에서든 상대의 말을 잘 경청했을 때 원활하게 참여할

수 있고 그 모임만의 에티켓도 숙지하는 법이다. 운영자의 안내에 귀 기울이도록 당부한다. 넷째, 비디오 기능에 대한 이해가 부족해서다. 화상 채팅 모임에서 비디오 기능을 켰다 껐다 하는 건 마치 오프라인 모임에서 장소를 들락날락하는 것과 같다고 할 수 있다. 온라인에서 화면을 껐다 켰다 하는 것은 시각적 소음만큼이나 모임을 방해한다는 점을 사전에 잘 안내하도록 한다.

앞의 두 사례에서 운영자는 오픈 채팅방에 줌 사용법을 간략히 안내해주었다. 관련 영상을 제공하고 궁금점을 질문하도록 했다. 화상 채팅 모임에서 지켜야 할 앞의 네 가지 규칙을 공지하고 숙지하도록 했다. 결과적으로 두 회원 모두 모임에 원활하게 참여하게 되었지만, 어려움을 겪었던 건 사실이다. 온라인 책 모임에서도 서로를 위한 최소한의 에티켓이 필요하다. 이를 염두에 두고 운영 및 참여한다면 좀 더 쾌적한 온라인 책 모임이 된다.

08 쉬는 시간을 효율적으로 활용하는 법

본격적인 비대면 시대가 되어 온라인 책 모임이 일반화되자 운영자들은 여러 고민을 한다. 쉬는 시간 관리도 그중 하나다. 책 이야기를 하다 보면 두 시간도 짧고, 중간에 쉬면 흐름이 끊기는 것 같다는 회원이 있는가 하면, 쉬는 시간이 없느냐고 묻는 신입 회원도 있다. 운영자들은 다시 고민하게 된다. 온라인 책 모임에서 쉬는 시간이 필요할까?

언뜻 생각하기에 온라인 모임은 오프라인 모임보다 피로도가 낮을 듯하지만 그렇지 않다. 다수의 책 모임에 참여하는 사람은 하루에 세 번 두 시간씩 진행하는 경우도 있다. 작은 화면을 들여다보고 집중하는 일은 생각보다 굉장한 피로감을 준다. 특히 모임 운영자라면 줌 채팅방에 올라오는 메시지도 읽으면서 진행에 참고해야 한다. 지각 회원들이 중간에 채팅방에 들어올 수 있도록 수락도 해주어야 한다. 어떤 회원이 의견을 말하겠다고 신호를 보내는지 세밀하게 체크할 필요도 있다. 회원들을 향한 안테나를 세워둬야 한다. 운영자에겐 부담감도 피로도에 한몫한다. 오프라인이라면 약간의 실수도 그냥 흘러갈 수 있지만 온라인에서는 모든 회원들의 시선이 진행자를 향하고 있다. 물론 온라인 모임이 반복되고 익숙해지면 처음과는 다르다. 익숙함과 편안함 그리고 융통성이 생긴다.

하루에 3회 두 시간씩 책 모임을 했던 운영자는 결국 얼마 되지 않아 과로로 쓰러지고 말았다. 책 모임 운영자라면 컨디션을 잘 관리해야 한다. 대화 흐름이 끊길까 우려해 쉬는 시간을 없애는 것만이 능사는 아니다. 책 모임이 두 시간이라면 50분 정도 진행 후 10분 정도 쉬는 시간을 두어 지치지 않게 하는 것도 좋은 방법이다. 모임 시

온라인 책 모임 잘하는 법

작 전에 쉬는 시간에 대해 안내하면 효율적이다. 회원들도 그 시간에 맞추어 모임에 임하고 마무리하는 마음 준비를 할 수 있다. 잠깐의 쉼이 남은 모임 시간을 더욱 활기차게 해주기도 한다.

간혹 쉬는 시간 없이 모임을 할 수도 있다. 이런 경우 모임 시작 전 쉬는 시간이 따로 없음을 공지한다. 덧붙여, 마실 음료와 모임에 필요한 것은 옆에 미리 가져다 둘 것을 부탁한다. 모임 도중 화장실에 가야 할 경우 방해가 되지 않도록 마이크와 비디오를 끄고 이동하라는 안내를 한다. 이렇게 미리 세세히 공지를 하고 협의를 해두면, 쉬는 시간이 없어도 운영자와 회원들의 피로도가 낮아진다. 실제로 이런 방법으로 진행했던 책 모임이 있었다. 운영자는 쉬는 시간이 없느냐는 신입 회원의 질문에 회원들과 상의했고, 이들은 쉬는 시간 없이 각자 융통성 있게 쉴 수 있는 방법을 선택했다. 어떤 회원은 긴장감이 높아지면 음료를 마시며 잠시 생각을 정리했고, 또 다른 회원은 마이크와 비디오를 끄고 잠시간의 개인 볼일을 보기도 했다. 효율적이고 만족스럽다는 평이 이어졌다.

쉬는 시간은 구성원 연령대와 상황에 따라 필요 여부를 결정할 수 있다. 구성원은 어린이, 청소년, 청장년, 시니어일 수 있고, 이에 맞추어 쉬는 시간의 배치를 고려한다. 최근 초등학교에서는 온라인 수업을 하면서 아이들의 피로도를 고려해 수업 시간을 몇 분 단축하기도 했다. 어린이나 피로도를 쉽게 느끼는 시니어 모임이라면 꼭 쉬는 시간을 배치하도록 한다. 단 어린이나 시니어라도 모임 지속 시간과 회원들의 성향을 먼저 살펴본 뒤 쉬는 시간 배치를 결정하길 권한다. 쉬는 시간, 고민하지 말고 가장 적합한 방법으로 선택, 적용해보자.

09 공동 진행자 시스템을 활용하는 법

강의나 모임이 온라인으로 전환되면서 가장 주목받은 애플리케이션은 줌이다. 줌은 화상 회의 서비스 중 하나이다. 줌에는 여러 기능이 있지만, 여기에서는 공동 호스트에 대해 알아보자.

줌에서 책 모임을 할 때 대부분 진행자는 호스트 역할을 병행한다. 회의나 강의, 책 모임 등에서 인원이 적정하면 한 명의 호스트가 관리해도 괜찮지만 참여 인원이 20명 이상이거나, 쌍방향 소통을 해야 할 때에는 공동 호스트가 필요하다.

어느 책 모임 회원은 사전에 줌 기능을 익히고 가족들의 도움을 얻어 예행연습을 했다. 가족들은 처음인데도 잘한다며 격려해주었고, 걱정을 내려놓을 수 있었다. 그런데 막상 온라인 책 모임을 하고 보니 가족 네 명과 연습했을 때와 달랐다. 줌에 익숙하지 않은 참여자들로 인해 돌발 상황이 생겼고, 이로 인해 20여 명의 참여자들과 원활하게 소통할 수 없었다.

이 책 모임의 운영자는 부득이한 사정이 아니라면 비디오 켜기를 원칙으로 했다. 어느 날 책 모임이 한창일 때 한 회원 뒤로 가족의 모습이 보였다. 러닝셔츠 차림의 가족이 지나가자 뒤늦게 상황을 안 회원은 당황하는 모습을 보였다. 이때 호스트는 해당 참여자의 화면을 끌 수 있지만 토론을 진행하느라 신속히 대처하지 못했다. 이뿐 아니라 아파트 안내 방송이라든가 자녀들이 뛰노는 소리, 반려동물이 화면에 나타나는 등 돌발 상황은 계속되었다. 이외에도 줌 접속이 되지 않아 입장할 수 없다는 이, 소리가 잘 들리지 않는다는 참여자 등 변수가 속출했다. 이런 상황에서 공동 호스트가 있었다면 이 운영자는 책 모임을 좀 더 원

온라인 책 모임 잘하는 법

활하게 진행할 수 있었을 것이다.

줌에서 호스트의 역할은 중요하다. 호스트는 어떤 상황이든 능숙하고 민첩하게 대처할 수 있어야 한다. 참여 인원이 많거나 호스트가 책 모임에 좀 더 집중하고 싶다면 공동 호스트를 지정해보자. 호스트 지정은 기본 설정에서는 활성화할 수 없기 때문에 줌 모임 시작 전에 해야 한다. 공동 호스트의 권한은 첫째, 호스트와 거의 동일하게 참여자를 관리할 수 있다. 참여자를 초대하고, 음소거를 하고, 비디오 끄기 등을 할 수 있다. 여기서 알아두어야 할 것은 마이크는 호스트나 공동 호스트가 꺼도 참여자가 다시 켤 수 있지만 비디오는 호스트나 공동 호스트가 껐을 경우 참여자가 켤 수 없다. 따라서 돌발 상황에 대처하기 위해 화면을 껐다면 반드시 호스트나 공동 호스트가 다시 켜줘야 한다. 둘째, 대기실에 있는 참여자의 신청을 수락할 수 있다. 셋째, 모임 영상을 녹화하고 기록할 수 있다. 넷째, 소회의실 기능을 통해 참여자들을 나눌 수 있다. 다만 공동 호스트는 모임을 예약하거나 종료할 수는 없고, 또 다른 공동 호스트를 지정할 권한도 없다.

앞에서 돌발 상황에 제대로 대처하지 못해 어려움을 겪었던 운영자는 다음 모임에서 공동 호스트를 지정했다. 갑작스러운 상황이 생기지 않더라도 책 모임에서 20여 명의 참여자를 관리하면서 진행하면 모두의 만족도가 떨어질 가능성이 높다. 공동 호스트로 참여한 회원은 호스트인 운영자가 책 모임 진행에 집중하도록 지각한 이들의 참여를 수락해주었고, 중간에 발생하는 소소한 소음을 신속하게 처리했다. 네 번째 모임부터는 소회의실 기능을 활성화해 공동 호스트와 팀을 나눠 진행하기도 했다. 참여자들은 그룹을 나눠서 토론하니 책 이야기를 더 깊이 있게 할 수 있어 좋았고, 발언 기회가 많아 갈증이 해소되었다며 만족감을 표했다.

운영자는 되도록 책 모임 진행과 화상 채팅방을 관리하는 호스트 역할을 분리하는 편이 이상적이다. 전문가를 초청해 듣는 강연이라면 강연자와 호스트의 역할을 분리할 수 있지만 보통의 책 모임은 그런 상황이 되지 못한다. 그럴 때 공동 호스트를 지정해 역할을 나눠 운영하는 것이 한 방법이다. 모든 것을 혼자하기보다 때로는 나눠서 함께 하는 것이 효율적이고 만족도를 높일 수 있다는 사실을 기억해두자.

부득이하게 공동 호스트를 지정하지 못할 경우 호스트의 역할을 최소화한다. 책 모임 도중 들어오는 회원들의 참여 수락 요청으로 진행에 방해받고 싶지 않다면 대기실 설정을 하지 않고 바로 입장하도록 한다. 또한 채팅방을 '호스트 전 참가'로 설정한다면 호스트가 시작을 누르지 않아도 회의실에 로그인할 수 있다. 소리와 화면 등 방해가 될 만한 요소는 책 모임 전 안내하여 최대한 정리하도록 하고, 발언자 외에는 모두 음소거를 한다. 회원들에게는 되도록 조용한 독립 공간에서 참여하기를 권하고, 여의치 않을 경우 주변 사람들에게 자신이 책 모임을 하는 동안만 조용히 해달라고 요청하도록 안내한다.

10 온라인 책 모임과
글쓰기 모임을 병행하는 법

     책 모임을 하다 보면 자연스럽게 글쓰기에
관심이 모이기도 한다. 감상을 정리하거나 토론 후기나
독후감을 쓰고 싶어진다. 처음에는 글쓰기에 관심 없던
이들도 책 모임을 하면서 작문 의욕을 품기도 한다. 책
모임과 글쓰기 모임을 병행할 수 있을까? 충분히 가능하
다. 책 모임을 한 후 글을 쓰는 서평 모임, 필사 모임이나
에세이 쓰기, 블로그 글쓰기 등 작문만 하는 모임도 있다.
서평, 필사 모임은 책을 읽고 이해하는 데 도움이 된다.
  5년째 운영되는 '책꿈터'는 회원들과 한 달에 두 번 책

읽는 모임이다. 두 번씩 책을 읽고 토론 후기를 남겼지만, 시간이 지나자 글을 써보고 싶다는 회원이 나왔다. 글쓰기를 하는 회원들과 일주일에 한 번 '가족' '여행' '음식' 등의 제시어로 자유 글쓰기를 진행하면서 자신의 심정을 표현하고, 일상을 기록했다.

책 모임에서는 미처 생각하지 못한 삶의 문장들을 만나고, 나와 다른 의견을 들으면서 많은 깨달음을 얻는다. 독서 후 책 모임을 하면 듣게 되는 여러 생각과 감상을 마냥 흘려버리기에는 아깝다는 생각이 드는 것이다. 책 모임을 통해 경험의 깊이를 더하면 글감이 풍부해진다.

그럼에도 학창 시절 일기를 "재미있었다"로 가득 채운 기억만 있다면 글쓰기가 어렵게 느껴진다. 이런 회원들은 펜을 잡기를 두려워한다. 글을 통해 자신을 드러내도 괜찮을지 걱정하기도 한다. 『무엇이든 쓰게 된다』(위즈덤하우스, 2017)에서 김중혁은 "특별할 필요가 없다. 오래하면 특별해진다"고 말했다. 가장 먼저 할 것은 든든한 글쓰기 친구와 쓰고자 하는 마음뿐이다. 우선은 온라인 글쓰기 공간을 따로 분리해 집중도를 높인다. 기존의 SNS가 아니라 다른 채널을 하나 더 개설한다. 서로의 글을 모으고 기록으로 남길 수 있으면 어떤 채널이든 좋다.

온라인 책 모임에서, 글쓰기를 주저하는 회원이 많아도 작문 모임으로 연결하고자 한다면 어떤 방법이 좋을까? 첫 단계로 '필사'를 추천한다. 가장 쉽게 글쓰기에 접근해 볼 수 있다. 필사란 손으로 읽는 독서법이다. 방법은 먼저, 회원들이 소통하는 SNS를 통해 책과 일정을 정해 필사문을 올리고 함께 적어보는 것이다. 다음으로는 각자 읽는 책의 인상 깊은 한 문장을 공유한다. 두 가지 방법 모두 손필사를 추천하지만, 타이핑 필사도 괜찮다. 『태백산맥』의 작가 조정래는 "필사란 책을 되새김질하는 과정"이라고 했다. 김애란의 단편 소설 「칼자국」은 아름다운 첫 문장으로 많은 이에게 알려진 작품이다. 단순히 필사만 하는 건 아니다. 옮겨 적으면서 자신만의 느낌과 생각을 적어본다. 엄마의 이야기를 담은 「칼자국」을 필사했던 한 책 모임 회원은 가족에 대한 생각을 한 편의 긴 글로 써보며 자신을 돌아보게 되었다고 한다. 독서가 글쓰기로 연

온라인 책 모임 잘하는 법

결된 사례다.

　두 번째는 책 모임을 다양한 창작 글쓰기 모임으로 연결해보는 것이다. 일상적 글쓰기 습관을 들이기 위해 '매일 5줄 글쓰기' 같은 노력을 함께하다 보면 '에세이 쓰기', '사진이나 그림 보고 글쓰기'로 도약할 수 있다. '매일 블로그 글쓰기' '100일 글쓰기'는 가장 널리 활용되는 인기 프로그램이며, 책 모임을 하면서 '서평 쓰기'를 해봐도 좋다. 서평을 쓰다 보면 책에 대한 자기 생각을 정리할 수 있고 비평적인 시각도 키울 수 있다. '자서전 쓰기'에도 많은 이가 참여한다. 사람은 누구나 자신의 이야기를 하고자 하는 욕망이 있기 때문이다. 마지막으로 '논제 만들기'를 해본다. 논제도 글쓰기의 연장선이다. 토론 논제를 만들면서 책에 대해 궁금한 점을 질문으로 옮겨볼 수 있다. 논제 만들기는 책 모임을 준비하는 동시에 글쓰기 연습을 하는 좋은 방법이다.

　이 밖에도 책 모임과 글쓰기를 병행하는 방법은 여러 가지가 있을 것이다. 회원들과 글쓰기 방법 중 하나를 정해본다. 모임 기간을 정해서 하는 것이 중요하다. 그렇게 마감일을 정해야 글쓰기를 해야겠다는 마음을 다잡게 된다.

글쓰기 전문가가 가르치는 첨삭 모임이 아니므로 다른 회원의 글에 칭찬 댓글을 달면서 서로를 응원해본다. 글쓰기 모임을 운영할 때는 빨간 펜 첨삭보다는 응원과 칭찬이 더 중요하다. 글쓰기를 좀 안다고 섣불리 타인의 글에 대해 단점부터 지적하는 건 삼가기로 한다.

글쓰기는 자신을 더 잘 알게 해주는 활동이다. 책 읽기와 글쓰기는 상승 효과를 낸다. 책 모임 운영자이거나 회원이라면 글쓰기를 독서의 연장선이자 새로운 시작으로 받아들일 수 있도록 서로 격려해줄 필요가 있다. 글쓰기 모임을 통해 스스로 성장하는 계기를 마련해주자.

사담과 토론의
균형을 맞추는 법

회원들끼리 친밀한 관계가 형성되면 모임 분위기가 활발해진다. 개인적인 이야기를 나누면서 즐거운 마음이 든다. 그런 분위기에 부담을 느끼면서 사적 담소는 원하지 않고 책 중심 대화에 집중하고 싶어 하는 이도 있다. 또 각자 소중한 시간을 내서 모임에 왔는데 한 사람이 길게 자기 이야기를 할 때 불편해한다. 사적인 대화라면 친구나 가족과 얼마든지 할 수 있는데 책 모임에까지 와서 할 필요가 있을지 의문이 든다.

그런 과정 없이도 책 모임 회원들과 친밀한 관계를 맺

을 수 있을까. 물론이다. 책을 매개로 얼마든지 자기 이야기도 할 수 있다. 사람들은 새로운 관계를 환영하면서도 책 중심으로 발언을 많이 할 수 있는 모임을 기대한다. 그렇다면 사적인 이야기는 어느 정도까지가 적정할까? 토론을 시작하기 전 사적인 이야기는 입 풀기를 하는 데에 도움이 된다. 단, 책 모임이 수다의 장으로 변하지 않도록 선을 넘지 않는 방법을 소개한다.

개인적인 담소는 책 모임 시작 전과 후의 시간을 활용한다. 첫째, 모임 시작하기 10분 전에 화상 회의방에 접속해달라고 안내하고 회원들이 소소한 대화를 나누도록 한다. 인터넷 접속 환경이 좋지 않은 사람이 있는지 점검하기 위해서도 필요한 시간이므로, 늦지 않게 모이도록 독려한다. 들어와서 비디오를 켠 회원을 중심으로 "○○ 님 안녕하세요"라고 말을 건넨다. 회원이 들어올 때마다 인사하면 환영하는 분위기가 자연스럽게 만들어진다. 마이크를 켜고 미리 이야기하기를 좋아하는 회원들을 중심으로 대화를 나눌 수 있다. 오늘 기분이 어떤지 가볍게 물어봐도 좋고, 꽃이 피었는지 눈이 얼마나 왔는지 같은 날씨 이야기도 좋다.

둘째, 모임 시작 시간 10분 동안에 최근 근황을 나누거나 책 추천 시간을 갖는다. 모임에 늦는 사람을 기다리면서 토론할 분위기를 만들어준다. 계속 참여해왔던 사람들도 책 모임을 시작할 때 말이 자연스럽게 나오지 않는다. 아이디어를 내기 위한 회의에서만 브레인스토밍이 필요한 건 아니다. 토론자들은 책 소감을 뭐라고 해야 할까부터 시작해서 그날 발언을 잘하고 싶은 마음에서라도 자기도 모르게 긴장한다. 10분 정도의 짧은 시간을 이용해서 회원들과 대화를 나눈다. 편안해지면서 토론을 기대하는 마음이 커진다. 각자에게 일어난 일을 소개하는 시간으로 활용해보자. 2주 간격 모임일 때 진행자는 가령 이렇게 안내해주면 좋다.

"2주 동안 어떻게 지냈는지 근황을 이야기하는 시간을 가져볼까요. 특별한 일이 있었다면 소개해주세요. 최근에 본 책을 추천하는 이야기는 언제나 반갑지요. 각자에게 의미 있었던 사연 또는 회원들에게 전하고 싶은 내용 뭐든지 괜찮아요. 한 분당 1분 내외 정도로 이야기해주세요."

이 시간을 특별한 이벤트 없이도 서로를 반갑게 환대하는 분위기로 만들어간다. 웃다 보면 곧 시작될 토론에 더 집중하게 된다. 이때, 진행자는 한 사람당 발언 시간을 1분 내외로 한다는 규칙을 안내하면 좋다. 상기하지 않으면 느슨해지기 쉬우니 이 규칙은 매번 일러준다. 시간 제한이 있다는 사실을 참여자가 염두에 두면 옆길로 빠지지 않고 토론에 집중하게 도와준다. 사적인 이야기로 흐를 위험을 사전에 막는 효과적인 방법이다.

셋째, 사적인 이야기를 더 나누고 싶을 때, 회원들이 모여 있는 대화방에서 별도의 모임을 제안한다. 토론 모임 말고 책 친구들을 더 많이 만나고 싶을 때 시도한다. 공식 일정이 아니고 전원이 참여하는 모임도 아니니 부담을 느끼지 않아도 된다. 별도의 모임은 생길 때도 있고 없을 때도 있다. 진행자가 주도할 수도 있고 회원 중 원하는 사람이 제안할 수도 있다. 원칙을 정해놓지 않고 다음과 같이 모임을 갖자고 이야기한다. 흔한 표현으로 '번개'다.

"오늘 토론 시간 참 즐거웠습니다. 더 이야기를 나누고 싶은데 모임 끝나고 시간을 더 낼 수 있는 분이 있을까요?

10~20분 동안 시간을 두고 다하지 못한 이야기를 했으면 합니다. 각자 음료수를 들고 와서 마시면서 모여도 좋겠네요."

줌이 아니라 대면 모임에서 만나고 싶다면 소규모로 인원을 나누어서 문화관, 박물관 같은 장소를 방문하는 일정을 논의해도 좋다. 도서관이나 책방을 하나씩 탐방하는 일정으로 짠다. 도서관에서 차를 마시기로 한다면, 관내에 찻집이 있는 도서관을 택한다. 책 모임을 하는 회원들과 가고 싶었던 도서관이든 책방이든 박물관이든 함께가며 친숙해질 수 있다. 평소 관심이 가는 이에게 말을 더걸기도 하고 소소한 일상을 공유하면서 원하는 만큼 사적인 이야기를 한다. 이런 방법으로 사적 모임을 하면 토론시간은 원래의 목적대로 유지되고 회원들 간의 친밀감을 높일 수도 있다.

3부

사사롭지만 알면 도움이 되는
책 모임 팁

1장

'관계'는 모든 문제의
시작과 끝

책 모임의 장수 비결은 관계다. 책으로 하는 모임이라고 하니 어떤 책을 읽느냐가 관건일 것 같지만 아니다. 순수하게 책에 집중하고 싶었다면 혼자 읽으면 된다. 굳이 같이 읽고 토론을 하겠다고 모인 건 관계가 주는 힘을 알기 때문이다. 여기에서 문제가 발생한다. 관계가 발전해 친분이 생기면 마냥 좋을 듯하지만 매너리즘에 빠지고, 누군가는 성실한데 누군가는 불성실해서 모임 분위기를 망치기도 한다. 어떤 회원은 운영자가 마음에 들지 않고, 어느 운영자는 호전적인 회원 하나 때문에 골머리를 썩는다. 책 모임을 오래 유지하고자 한다면 관계에서 비롯되는 문제에 예민하게 대응할 필요가 있다. 온라인 책 모임에서는 어떤 관계 문제가 발생하고, 어떻게 해결하면 좋을지 구체적으로 알아보자.

01 결석률이
높아질 때

        어느 모임이든 처음에는 회원들의 관심도 높고 참여율도 좋다. 신선함이 참여 계기가 되지만, 1년 이내 단명하는 경우도 많다. 온라인 책 모임은 오프라인보다 결석률이 높지는 않지만 시간이 흐름에 따라 비슷한 문제를 겪게 되고, 운영자는 고민에 빠진다. 개개인의 사정은 다르지만 참여하는 회원보다 빠지는 이들이 더 많이 생긴다면, 활력이 떨어진다. 결석률 때문에 전전긍긍하는 운영자라면 주변에 잘되는 모임을 찾아보길 먼저 추천한다. 잘되는 모임은 이유가 있다. 다른 사람들이 진행하는 인기 높은 책 모임에 참가해보는 것도 좋다. 3년째 유지되고 있는 한 책 모임 운영자는 처음에는 무엇부터 시작해야 하는지 몰랐고, 다른 잘되는 모임이 마냥 부럽기만 했다. 자꾸 결석률이 높아지고 호응도도 떨어진다는 생각이 들자 괜히 위축되기도 했다. 바로 이럴 때의 돌파구가 잘되는 모임을 찾아 나름의 비법을 발견해보는 것이다.

결석률이 낮고 잘되는 모임은 어떨까? 인기 많은 모임의 특징은 크게 세 가지로 나누어 생각해볼 수 있다.

첫째, 운영자의 역량이 크다. 운영 방식이 매력적이라면, '이 사람이 진행하는 모임은 만족해'라는 신뢰감을 심어준다. 모임이 끝난 후 모임 전보다 즐거움이 더 커진다. 운영자의 가장 큰 매력은 사람들과의 소통 능력이다. 과하지도 않고 부족하지도 않게 사람들을 챙긴다. 정서적인 면에서 챙기고, 사람들의 욕구를 잘 읽어낸다. 다른 사람들의 추천이나 관심사에도 관심을 둔다. '폭풍의 언덕 북클럽'의 운영자가 그러한 예다. 운영자의 첫인상은 그리 사교적이지는 않아 적당한 거리감을 느끼게 해주었다. 회원들의 열렬한 호응에 비해 당사자는 무심한 듯도 했지만, 알고 보니 사람들의 세세한 사정을 남모르게 기억하고 있었다. 결석률이 높아 고민이었던 책 모임의 운영자는 이 북클럽에 참여하여 이 사람의 세심한 태도, 말투, 진행법을 배웠다고 한다. 중요한 것은 자신에 대한 믿음이라는 것도 배웠다. 책 모임 운영에 대한 애정이 잘 전달되도록 회원들에게 적극적으로 다가가기로 했다. 이제 4년 차에 접어든 이 운영자는 회원들의 높은 참여율에 늘 행복하다는 말을 입에 달고 산다. 어떤 모임이든 고비는 있지만, 애정이 있다면 지속될 수 있다.

둘째, 독서에 대한 자극뿐 아니라 회원들의 눈높이에 맞는 지적 호기심을 심도 있게 채워준다. 저자를 초빙해 강연을 개최하는 것이 그 방법 중 하나다. 작가들이 과연 사적인 책 모임에 강연자로 나설까 걱정하는 이들이 많지만, 의외로 글쓴이는 독자들과 직접 만나는 현장에 목말라한다. 실제로 재일조선인 2세로 태어나 교수이자 작가가 된 서경식은 자신의 책 『시의 힘』(현암사, 2015)을 읽는 모임에 참여한 적이 있다. 서경식 교수의 책을 읽기 위해 결성된 이 책 모임은 그의 여러 저서를 읽으면서 앎의 깊이를 확장해갔다. 난도 때문에 어려워하는 회원들을 위해 필사를 하고 생각을 나누는 시간도 마련했다. 여기에 직접 저자까지 초빙하게 되자 회원들은 더욱 열성적이 되었다. '수북수북'이라는 책 모임의 회원들은 청소년 도서를 읽는다. 청소년 자녀를 두고 있는 회원들의 특성에 맞추어 책을 선정하고 앎의 깊이를 더해가고 있다. 이렇게 읽고 토론한 책을 자녀들에게 추천하자, 이 책을 엄마가 알고 있다는 데에 뿌듯함을 느끼기도 한다.

셋째, 모임 규모에 연연하지 않는다. 한 책 모임의 운영자는 회원 수에 크게 신경 쓰지 않았다. 이는 회원의 결석률이 높아져도 신경 쓰지 않았다는 뜻은 아니다. 도리어 운영자는 모임 전에는 상세히 안내하고, 당일에는 결석 회원에게 개별 연락을 취해 챙기고 신경을 썼다. 소수가 모여도 지속적으로 한다는 목표로 매월, 매주 모임을 열었고 차츰 꾸준하게 진행되는 책 모임에 참여하는 회원이 늘어갔다. 적은 수라도 하겠다고 생각하자 오히려 회원들의 결석률이 떨어졌다. 워낙 규모가 작아 모임이 사라질 것 같다는 회원들의 걱정도 있었지만 운영자는 개의치 않았다. 오래전에 참석했던 회원은 다시 참여하면서 아직도 모임이 남아 있어 좋다고 말했다. 이 운영자라고 해서 처음부터 이렇게 초연하진 않았다. 초기에는 혹시 '내가 마음에 들지 않나? 내가 뭘 잘못했나?' 하는 생각 때문에 고민이 깊어졌다. 시간이 지나자 책을 읽고 싶어도 오지 못하는 여러 사정이 있다는 사실을 이해하게 되었다. 자연히 못 오는 사람을 원망하거나 자신을 탓하지 않게 되었다.

결국 세 가지 특징 모두 운영자의 역량과 자세가 모임의 운명을 좌우한다는 말과 같다. 온라인 시대에 접어들며, 이제 다양한 시간에 모임이 진행되는 추세다. 수시로 언제든지 할 수 있다는 장점과 잘되는 책 모임의 비밀(운영자)을 기억한다면 오래가는 모임을 이끌 수 있다.

02 당일 불참 통보를 반복하는 회원이 있을 때

　　온라인 모임이 많아지는 요즘, 당일에 불참을 알리는 회원은 적다. 책 모임은 대체로 회원들이 가능한 시간에 진행되고, 온라인으로 진행되면 훨씬 참여 여건이 유연해지기 때문이다. 책 모임은 일주일 전이나 한 달 전 일정을 공지한다. 일정 공지 후 미리 참석 여부를 확인하지만 당일 그것도 모임 몇 시간 전, 몇 분 전 불참을 통보하는 회원이 있으면 운영자와 회원들은 힘이 빠진다. '단편소설 토론'이라는 책 모임 진행자는 회원들이 소수라도 책 모임을 진행하겠다고 해서 온라인 방을 열었는데, 당일 "적극적으로 해야 한다"고 말했던 회원이 불참했다. 모임은 그럭저럭 진행되었지만 석연치 않은 기분은 계속되었다. 운영자가 모임을 끝내고 곰곰이 생각해보니 이 회원은 당일 불참을 알려온 경우가 많았다. 미리 출석 여부를 알려달라고 해도 번번이 당일에 연락을 취해왔다.

당일 몇 분 전 취소하는 이도 있다. 아예 연락을 주지 않아서 온라인 모임방을 열고 접속 여부를 확인한 뒤 개별적인 연락을 취해야 참석인지 불참인지 알게 되는 경우도 있다. 긴급히 연락해도 대답이 없다가 모임 끝난 후 확인하는 회원도 있다. 운영자는 "미리 꼭 연락을 주시기 바랍니다"라고 부탁하지만, 습관적으로 이에 불성실히 임하는 회원이 있다. 이러한 회원이 있을 때 가장 먼저 할 일은 모임 규칙을 점검해보고 재공지하는 것이다. 공동으로 사용하는 SNS 채널이 있다면 '공지 사항'을 다시 한번 간곡히 알린다. 가령, 이런 식이다.

"우리 책 모임은 모두의 참여로 이루어집니다. 원활한 모임 진행을 위해 부득이한 사정으로 불참 시 하루 전 연락 부탁드려요."

당일 불참을 반복하는 회원은 결국 책 모임을 떠난다. 불참 회원을 최대한 줄이고 잘 관리하는 것이 지속적인 책 모임의 중요 요소 가운데 하나다.

심지어 단 한 명의 회원만 참여하는 사태도 발생한다. 운영자와 회원 둘만 접속한 것이다. 운영자에게만 불참을 알려왔기에 유일한 참석 회원은 당황했고, 그런 경우 모임은 자연스럽게 다음으로 연기된다. 불참을 미리미리 알리고 공유하는 것이 얼마나 중요한지 알게 해주는 사례다.

이런 문제를 해결하려면 불참 요인을 파악해보면 좋다. 개인 사정도 있지만 선정 도서가 버겁거나 취향에 맞지 않는다고 생각할 때 참여를 망설이게 된다. '민들레'라는 책 모임에는 책이 어렵다고 느끼면 참여하지 않는 회원들이 있었다. 분량을 나눠서 책을 읽었지만 그래도 나오지 않았다. 얼굴을 마주하면 차마 속내를 비치지 못한 채 꼭 참석하겠다고 하지만 실제로는 불참했다. 소극적인 성격이라면 불참으로 자신의 의사를 표현할 수도 있다. 만약 선정 도서가 회원들과 맞지 않아 불참이 발생한다면 책을

온라인 책 모임 잘하는 법

고를 때 회원들의 의견을 좀 더 적극적으로 반영해보자.

또 다른 경우도 있다. 접속하는 게 귀찮고 시간이 지나니 별다른 흥미가 안 생길 때이다. 독서 시간도 부족하고 모임이 우선순위에서 밀릴 때, 미리 사실을 말하지 못하고 뒤늦게 당일에야 연락을 하게 된다. 이럴 때는 과감하게 모임에서 완전히 빠질 것을 권해보자. 사람들은 누군가에게 싫은 소리 하는 것을 어려워한다. 회원 입장에서도 정말 이 모임에 남고자 한다면 당일 불참 통보는 피해야 한다. 최소 하루 전에는 연락을 해야 운영자가 그에 맞게 준비할 수 있다. 운영자도 회원의 의중이나 사정을 정확히 물어볼 필요가 있다. 책을 못 읽는 건지, 시간이 안 맞는지, 책 모임에 대한 관심이 줄어들었는지 파악해보는 것이다. 책이 어렵거나 선호 분야가 아니라 못 읽는다면 '온라인 함께 읽기'를 해보자. 다섯 명이 꾸려가는 한 책 모임은 『진보와 빈곤』(헨리 조지, 비봉출판사, 2016)이라는 도서로 토론하기로 했는데, 막상 책을 펼치니 분량과 내용이 만만치 않았다. 그때 한 회원이 SNS를 통해 함께 읽기를 제안했다. 약속한 분량을 매일 읽고, 얼마나 읽었는지 공유했다. 결국 20일 동안 책을 완독했고, 토론을 통해 다양한 생각을 나누게 되었다. 정말 참석하고 싶은데 개인 사정상 시간이 안 맞아서라면 다른 회원들의 양해를 구해 시간 변경을 고려해볼 수 있다. 이런저런 방법이 다 소용없다면 다른 회원들을 모집해 새롭게 진행해볼 수 있다.

책 모임은 결국 사람을 만나는 정류장이다. 개개인이 모임과의 약속을 지켜야 내가 가고 싶은 곳으로 갈 수 있다. 회원들도 모임에 대한 기본 예의를, 운영자는 회원들의 속내와 사정을 세심하게 파악해본다.

03 유료 책 모임 진행자가
마음에 들지 않을 때

　　운영비 면에서 책 모임은 유료와 무료로 나
뉜다. 무료 모임이 비슷한 상황에 처한 이들이 모여 순수
하게 함께 읽고 토론하고 친분을 나누는 형태라면, 유료
모임은 전문적인 진행자가 심도 있게 책 모임을 이끄는
경우다.

　유료 책 모임은 비용을 투자한 만큼 회원들의 기대가
더욱 크다. 그렇기에 진행자가 마음에 들지 않으면 실망
하게 되고 스트레스를 받는다. 어느 유료 책 모임이 그러
한 예였다. 진행자가 다소 무책임하고 준비성이 부족했

다. 일정과 선정 도서를 미리 공유하지 않고 모임 날짜에 임박해 공지했다. 토론 논제는 심지어 당일 아침에 올리곤 했다. 당연히 회원들은 모임 준비 시간이 부족했고, 이는 책 모임 자체를 허술하게 만들어버렸다. 회원 중 하나는 불만을 표하고 싶었지만 다른 사람들 눈치가 보여 그러지 못했다. 이미 진행되고 있는 모임이어서 그만둔다고 해도 환불받기 어려웠다.

미숙한 진행자도 회원들에게 스트레스를 준다. 질문을 받아도 대답을 회피하거나 한 사람이 독점해서 이야기해도 그대로 두면 다른 회원들의 불만이 쌓일 수밖에 없다. 진행자가 회원들에게 발언 기회를 많이 주지 않고 본인이 오랜 시간 이야기할 때도 불편하다. 진행자는 토론의 중심을 잡는 사람이지 한쪽으로 치우쳐도 되는 사람이 아니다. 진행자가 마음에 들지 않을 때 어떻게 대처해야 할지 유형별로 살펴본다. 무료 책 모임 진행자에게도 해당되지만 유료 책 모임 진행자라면 더욱 유념에 두면 좋을 사항이다.

첫째, 준비 태도가 소홀한 진행자. 회원들은 보통 이런 경우 진행자 스스로 바뀌지 않을까 기다리지만 아무런 변화가 없기 십상이다. 불만 사항이 있을 때는 회원이 적극적으로 말할 필요가 있다. 가령 일정이나 선정 도서를 임박해서 알리거나 논제를 당일에 올린다면 이렇게 말해보자.

"운영 면에서 아쉬운 점이 있어서 보완할 점을 건의합니다. 운영자님이 처음 안내를 할 때 논제를 미리 준다고 했는데 당일에 올리잖아요. 천천히 생각을 정리하려면 전 시간이 필요해요. 앞으로 2~3일 전에 논제를 올려주실 수 있을까요? 모임 공지나 도서 안내도 마찬가지입니다. 저는 한 번 읽지 않고 두 번 완독 후 토론에 참여하고 싶습니다."

일리 있는 제안이라면 운영자는 고치게 된다. 유료 모임이라면 더욱 그렇다. 이러면 분위기가 달라지고, 회원들도 더욱 활발히 참여하게 된다. 정중하되 솔직하게 불만스러운 점을 말하는 편이 좋다.

둘째, 회원들의 발언 시간을 조정하지 못하는 진행자. 회원 한 명이 자기 경험을 한없이 말하는데 그냥 듣고만 있는 진행자가 있다. 토론 시간은 한정돼 있기 때문에 결코 바람직한 태도가 아니다. 더욱이 유료 모임 회원들은 독서와 토론에 열의가 있는 경우가 많아서 이렇게 발언 기회와 시간이 특정인에게 치중되면 불만을 느끼게 된다. 모임 후에 이렇게 제안해보자.

"오늘 한 분이 길게 이야기하는데 어떻게 하지 못하고 모두 들으면서 조금 불편했습니다. 다른 참여자가 그만해 달라고 이야기하기 어렵잖아요. 진행자가 한 분당 발언 제한 시간을 알려주면서 정리해주시면 좋겠습니다."

셋째, 강의를 하는 진행자. 토론자보다 진행자가 더 말을 많이 하는 경우다. 어떤 진행자는 토론을 시작하면서 작품을 설명하거나 회원들의 발언 후에 꼭 요약을 하기도 한다. 이럴 때 회원들은 답답해지고 반복되는 진행자의 설명에 지루함을 느낀다. 이럴 때 적극적으로 의사 표시를 한다.

"작품 설명 시간을 줄여줄 수 있을까요. 저는 토론을 통해서 자연스럽게 접하고 싶습니다. 참여자의 발언 시간이 좀 더 확보되도록 회원들의 말을 요약하지 않으셨으면 좋겠습니다."

이외에도 진행자가 객관성을 상실해서 한쪽으로 치우

치거나 회원들의 질문에 제대로 답해주지 않는 상황도 있다. 이럴 때 참는 건 능사가 아니다. 정당한 불만도 표하지 못하면 갈수록 참석 의욕이 줄어든다. 운영자는 자기 모습을 객관적으로 볼 수가 없으니 부족한 점을 자유롭게 이야기할 수 있을 때 진행자와 회원이 함께 성장한다. 성격에 따라 자기감정과 생각을 드러내는 게 편하지 않은 사람도 있다. 상대방과 다른 사람을 불편하게 할까 배려해서일 수도 있다. 하지만 독서 토론에 참여하는 이유를 떠올려보자. 다른 사람과 자기 생각을 나누기 위해서다. 더욱이 어떤 책 모임이든 아쉬운 점은 있고, 때마다 자신과 잘 맞는 운영자만 만날 수도 없다. 불만 사항을 자유롭게 이야기할 수 있을 때 책 모임이 서서히 발전한다는 사실을 목격하게 된다.

물론 이의를 표현하고 개선을 요구해도 잘 반영되지 않는 상황도 있다. 그럴 땐 그만두는 것도 좋은 선택이다. 자기 발전을 위해 참여하는 책 모임이 계속 큰 스트레스로 작용한다면 과감한 선택도 필요하다.

회원들의 친분으로
매너리즘에 빠질 때

　　책 모임을 오래 하다 보니 회원들끼리 친
해서 토론하면서도 비슷한 이야기만 주고받는다는 기분
이 들 때가 있다. 주제가 다른데도 참신한 의견보다는 전
에 한 이야기를 조금 다르게 주거니 받거니 한다는 느
낌이 든다. 이런저런 변화를 도모하기보다 기존 방식으
로 유지하고자 하는 마음이 크면 시간이 흐름에 따라 서
로를 너무 잘 알게 되어 새로운 자극이 없는 순간이 오
기도 한다. '책마당' 독서 모임 회원들이 그러한 예다. 이
모임의 회원들은 서로의 표정만 봐도, 오늘 책 제목만 알

아도 각자가 무슨 말을 할지 상상된다고 했다. 5년여를 함께하다 보니 유대감이 높다는 장점도 있었지만, 신선한 자극이 부족해 아쉽다고 했다. 다양한 책을 읽고 '아 그럴 수 있겠구나' 했던 마음이 어느덧 사라진 것이다. 그러다 보니 회원들은 친하게 지내는 차 모임은 해도 책 모임에 대한 열의는 많이 떨어졌다. 주객이 전도돼 독서 토론보다는 모임 이후의 친교 자리가 비중이 커졌다. 이건 책 모임의 수명이 다되어간다는 위험 신호다. 이럴 땐 구체적인 방법이 필요하다.

첫째, 회원 구성의 변화를 꾀해본다. 책마당의 경우 회원들의 분위기를 감지했던 운영자가 새로운 제안을 했다. 매년 12월에 1회만 하던 회원 모집을 상시 모집으로 바꾸자고 했다. 연 2회로 늘려 회원 모집을 해보기도 하고, 나중에는 아예 상시 모집으로 바꾸기도 하면서 새로운 변화를 주기 위해 노력했다. 회원을 모집하면서 '우리 책 모임 소개 글' '모임 방향' '책마당에 필요한 회원' '현재 회원'에 대한 이야기를 나누었다. 기존 회원들은 자연스럽게 책 모임의 역할과 필요성을 상기했다. 회원 모집 주기를 변경하거나, 1회이든 2회이든 회원을 새로이 모집하는 것은 모임을 대외적으로 알리는 효과를 낳고, 동시에 기존 회원들에게는 모임 정체성을 확인해보는 시간이 된다. 이미 알고 있지만 늘 떠올리기는 힘든 '나에게 책 모임은 무엇인가'라는 질문을 던질 계기를 마련해준다.

둘째, 운영 방식을 바꿔본다. 먼저, 책을 좀 더 다양하게 선정해보자. 5년 차 책 모임 '책꿈터'는 건강에 관심이 생긴 한 회원의 제안으로 운동에 관련한 책을 함께 읽기로 했다. 기존에는 정통 인문학서를 많이 읽었지만, 정보성이 가미된 에세이 『마녀체력』(이영미, 남해의봄날, 2018)을 함께 읽으면서 운동 의지를 다지는 회원이 많았다. 지금도 함께 산에 가거나 운동하면서 서로 격려한다고 한다.

낯선 작가들을 발굴해서 읽어도 좋다. 영미권 문학이나 한국 문학을 주로 읽어왔다면 스페인이나 북유럽, 아프리카 작가들의 책을 선정한다. 맨부커상, 퓰리처상 등 수상작 읽기를 해도 의외의 즐거움을 발견하게 된다.

셋째, 모임 내용을 변경해보자. 매월 2회 독서 토론을 하던 '올빼미회'는 1회는 영화를 보고 온라인 토론을 했다. 여건이 될 때에는 동네 책방 순례도 했다. 동네 책방에서 각자 구매한 책을 서로 돌려 읽으면서 책 모임 외 활동을 이어갔다. 문학관 방문도 특별 활동이었다. 김수영문학관을 방문한 뒤에는 그의 시를 필사하기도 했고, 〈동주〉(2016)라는 영화를 함께 보며 윤동주의 삶과 그의 문학을 논하기도 했다. 강연을 듣는 것도 모임 내용에 변화를 주는 데에 도움이 된다. 한 책 모임 회원들은 책 관련 동영상 강의나 온라인 작가 강연회에 함께 참여했다. 유튜브에도 좋은 강연이 많이 올라와 있으며, 온라인 시대를 맞아 평소 만나기 힘들었던 작가의 강의를 집 안에서 들을 수 있다. 이러한 번외 활동이 이어지자 회원들의 책 모임 열의가 다시 샘솟았다고 한다.

넷째, 모임 시간대를 변경해보자. 책마당은 오전에 모임을 한 후 점심 식사를 하는 것이 고정 코스였다. 한 회원은 아이들이 집에 있는 오전에 참여하기가 어려워 온라인으로 모임을 진행하다가 저녁 시간으로 변경해보자고 제안했다. 저녁 9시로 시간을 옮기면서 모임 참여율이 높아졌다. 낮 시간의 번잡함 대신 차분함이 느껴지는 모임이 되었다.

다섯째, 취미를 공유해본다. 각자의 취미 생활을 공유함으로써 기존에 몰랐던 상대의 다른 면을 보게 된다. 매일 10분 운동을 함께 하거나 식물 키우기 등을 공유하면서, 책 모임의 활기를 찾는 경우도 있다. 책꿈터는 '마스크 만들기'를 하면서 코로나 블루를 이겨냈다고 한다. 요즘 관심 많은 쓰레기 문제에 참여하기 위한 '제로 웨이스트 챌린지'도 계획하고 있다. 많은 책 모임이 독서를 통해 함께 나눈 가치관의 실천 방법을 기획하면서 활기를 띠고 있다.

05 오프라인 모임으로
전환하는 시점이 고민될 때

　　온라인 책 모임의 가장 큰 장점은 시간과 장소의 구애가 적다는 점이다. 오프라인 모임이라면 늦은 밤에 모이기 힘들겠지만 온라인에서는 가능하고, 어느 지역에서 살고 있든 인터넷 접속만 되면 함께할 수 있다는 점은 거부하기 힘든 장점이다. 전북 정읍에 사는 한 책 모임 회원은 온라인 책 모임의 이러한 장점을 누구보다 예찬했다. 매주 1회 고속버스를 타고 서울까지 가 책 모임에 참여했던 이 회원은 물리적인 수고를 덜 수 있다는 데에 큰 만족감을 표했다.

다만 무엇이든 양면이 있게 마련이다. 오프라인에서만 느꼈던 인간적 향기를 그리워하는 이들도 있다. 많은 독서가가 빠른 속도로 변하는 세상의 흐름에 적응하기 위해 온라인 모임을 하고는 있지만 직접 대면에서만 얻을 수 있는 생생한 소통과 교감을 그리워하는 것도 당연하다. 이에 온라인과 오프라인 모임을 병행할 수는 없나 하는 고민이 자연스럽게 생긴다. 실제로 이러한 사례가 있다.

어느 도서관이 주최한 책 모임의 운영자는 코로나19 사회적 거리두기 정책에 맞추어 온라인과 오프라인 모임을 병행했다. 참여자 모집을 할 때도 상황에 따라 두 가지 형태를 병행한다고 공지했다. 온라인으로 시작했던 모임이 어느 정도 익숙해질 때쯤 대면 모임을 할 수 있게 되었다. 운영자는 "다음 주부터는 대면으로 책 모임 합니다. 도서관 3층 문화1실로 오세요"라고 안내했다. 모니터에 보이는 참여자들은 하나같이 달가워하지 않았다. 이 운영자는 자신이 뭘 잘못 공지했나 의문이 들었다. 그런 찰나에 한 회원이 물었다. "꼭 오프로 해야 하나요?" 뜻밖에도 대부분의 회원이 대면을 원하지 않고 있었다. 온라인 책

온라인 책 모임 잘하는 법

모임에서 오프라인으로 언제 넘어가는 것이 적당할까? 이는 책 모임 상황에 따라 다르다.

첫째, 온라인 책 모임을 장기 지속한 경우이다. 10년째 다양한 책 모임을 이끌어온 한 운영자는 놀랍게도 오래 전부터 카카오톡으로 온라인 책 모임을 운영해왔다. 처음 온라인 책 모임을 시작했을 때 대다수 회원들은 메신저로 책 모임이 정말 가능한가 반신반의했다. 우려와 달리 책 모임은 잘 이어졌다. 변화된 점이라면 코로나 이후 메신저에서 줌으로 전환한 것이다. 이 운영자는 오프라인 책 모임도 진행하고 있다. 하지만 오랜 세월 온라인으로 회원들과의 친밀함과 신뢰로 책 모임을 유지해온 만큼 오프라인으로 전환하는 데에 어려움이 있을 법했다. 이런 경우 오프라인 모임을 온라인 3회 후 한 번은 진행하면 좋다. 온라인과 오프라인 모임을 병행하는 것이다.

둘째, 온라인 책 모임을 시작한 지 얼마 되지 않은 경우다. 어느 책 모임 운영자는 코로나로 인해 부득이 모든 책 모임을 온라인으로 전환했다. 사회적 거리두기 기준에 맞추어 오프라인도 겸했다. 오프라인에 최적화되어 있던 회원들은 온라인 책 모임을 처음에는 낯설어하고 어색해했다. 어떤 회원은 거부감을 표현하기도 했다. 온라인 책 모임을 시작한 지 그리 오래되지 않았다면 오프라인 책 모임 비중과 균형을 맞춰 운영하는 것도 방법이다. 온라인과 오프라인 책 모임을 1 대 1로 맞추고 점차 온라인 모임 비중을 늘려가는 편이 좋다.

상황에 따라 달라진다는 건 온라인에서 오프라인 모임으로 언제 넘어가야 한다는 식의 정답은 없다는 뜻과 같다. 온라인을 오프라인으로 전환해야 할 때가 따로 있지 않다는 말이다. 여기에서는 딱 두 가지의 상황으로 단순화해 살펴보았지만 개개인이 처한 여건은 다양해서 세밀하게 적용해야 한다. 맨 처음 예시로 들었던 도서관 주최 책 모임은 오전 시간대에 진행되었다. 회원들이 대부분 주부였기 때문이다. 주부는 바쁘다. 코로나19로 인해 가족이 재택근무를 하면 집은 직장이 되고, 자녀가 E학습을 하면 학교가 된다. 기존에 해왔던 일에 더해 챙겨야 할 게 훨씬 많아진다. 회원들이 오프라인 모임을 하자는 운영자의 말을 달가워하지 않았던 배경은 이것이다. 이런 경우는 온라인 모임을 오프라인으로 전환하는 시점을 최대한 늦추어야 한다. 전환하더라도 회원들의 여건을 고려하여 가장 많은 회원이 참여할 수 있을 때 최소 횟수로 진행해야 하고, 전원이 참석하지 못할 수 있음을 감안해야 한다.

이 밖에도 온라인 모임을 오프라인 모임으로 전환할 때 고려해야 할 상황은 많다. 회원들의 거주 지역은 어디인지, 참석 가능한 시간대는 언제인지, 따라서 최소 참석 인원은 몇으로 정할지, 모임 공간은 어디로 할지 등이 그 예다. 이처럼 온라인 모임을 오프라인으로 언제 전환해야 할까 고민하기보다는 다양한 상황을 반영하여 유연하게 대응하고, 소외되는 이가 최대한 적게 해야 한다는 점이 핵심이다.

온라인 책 모임을 참관하고 싶을 때

1년여간 책 모임에 활발히 참여했던 한 주부는 코로나19 상황으로 인해 모임이 중단되자 무척 아쉬워했다. 온라인으로도 책 모임이 이루어지고 있다는 사실을 잘 알고 있지만, 경험해보지 않은 방법이라 주저했다. 무턱대고 참여했다가 자신과 맞지 않으면 어떡하나 걱정스러웠다. 온라인으로 하는 책 모임은 분위기가 어떤지 궁금하기는 했다. 어느 책 모임 운영자에게 우선 참관만 해도 될지 요청했다. 다행히, 그 요청은 수락되었다.

온라인 책 모임을 해본 사람들은 알고 있다. 오프라인

이든 온라인이든 별 차이가 없다는 사실을. 환경만 온라인으로 바뀌었을 뿐, 책을 좋아하는 사람들, 다른 사람과 이야기를 나누고 싶은 이들의 집합이 책 모임이라는 사실은 동일하다. 얼굴을 마주하고 이루어지는 독서 토론도 처음 시작할 때는 다들 어렵게 느끼지만 익숙해지면 편안하게 할 수 있듯이, 온라인 책 모임도 초기 단계만 잘 넘어가면 친숙하게 다가온다.

물론 여전히 온라인상의 대면을 불편해하면서 오프라인 모임을 할 수 있는 날까지 기다리겠다는 이들도 있다. 일단 직접 경험해봐야 알 수 있으므로 자기 성향을 파악하기 위해서라도 한 번쯤 시도해볼 만한다. 앞의 주부의 예처럼 참관 기회를 이용하면 가능하다. 자신과 책 모임이 잘 맞을지 서로 탐색하는 시간이 된다. 오프라인 모임에서 이루어지는 독서 토론도 참관을 수락하는 경우가 많다. 같은 방법을 온라인 모임에서도 활용할 수 있다. 기존 회원에게도 좋은 기회다. 새로운 회원이 들어온다면 모임 분위기가 달라져 새로운 자극을 받을 수 있다. 다만 이 모임에 신규 회원이 잘 맞을지는 서로에게 조심스러운 문제다. 무턱대고 들어왔는데 잘 맞지 않아 중도에 그만두면 운영자, 기존 회원, 신규 회원 모두 큰 부담을 느끼게 된다. 반면 참관 희망자와 기존 회원 간의 합이 잘 맞는다면 모두에게 좋은 기회가 된다. 그렇다면 참관을 하기 위한 절차는 어떻게 될까?

먼저, 참관 희망자는 원하는 모임의 운영자에게 기회를 줄 수 있는지 문의한다. 모임마다 운영 시스템이 다르다. 운영자에게 참관 여부를 결정하는 권한이 있는 모임이라면 진행은 빨라진다. 참관 희망자는 운영자에게 왜 참관하고 싶은지 이유를 말하고, 열심히 하겠다는 의지를 보인다. 운영자가 수락하면 토론 도서는 무엇인지, 기타 준비 사항은 없는지, 인사말을 해야 하는지 등 상세히 묻는다. 책을 꼼꼼히 읽어 가는 건 기본이다. 만약 회원 전원의 동의를 얻은 뒤에 참관이 가능하면 수락 여부를 결정하는 데에 시간이 좀 더 걸린다. 수락된다면 같은 방법으로 참관을 준비하면 된다.

둘째, 자기소개와 감사 인사말을 준비한다. 참관자라고 해도 말없이 가만히 지켜만 보라는 모임은 거의 없다. 간단하게라도 자기소개를 하고, 참관 이유를 솔직하게 말하면 좋다. 더불어 기회를 주어서 감사하다는 마음도 전한다. 온라인으로라도 책 모임을 꼭 이어가고 싶은 마음을 말한다면 모두 환영한다. 신청자의 적극적인 태도와 참여 의지를 보여주는 시간이다.

셋째, 참관 소감을 밝힌다. 토론 후 어떤 느낌을 받았는지 말한다는 계획을 세우면 참관자의 경청 태도가 달라진다. 단순히 다른 회원들의 토론을 지켜보는 데에 그치지 않고 능동적으로 참여하게 만든다. 메모장을 준비해서 주요 발언을 기록하며 듣는다. 끝나고 운영자에게 질문하고 싶은 점도 기록한다. 나중에 내가 이 모임을 참여하게 된다면 어떤 점을 준비하면 좋을지도 기록한다. 토론 직후에 만약 참여하고자 하는 의지가 생긴다면 운영자에게 참관 소감을 말해도 되는지 묻고, 기록해둔 내용을 참고하면서 좋았던 점을 1분 정도로 이야기한다. 장황하게 이야기하지 않도록 한다. 편안하고 솔직하게 느낀 점을 표현하면 된다.

물론 어떤 모임은 별도의 인사 시간 없이 눈인사 정도

로만 참관을 허락하기도 한다. 그럴 땐 운영자의 안내대로 하고, 메모한 내용을 정리해서 나중에 따로 보낸다.

참관 후에 간단하게 후기를 쓰면 더욱 좋다. 거창하게 쓸 필요는 없다. 자신의 느낌을 간략히 기록해둔다. 참관은 쉽게 얻을 수 있는 기회가 아니므로 후기로 남긴다면 오래 그 대상을 기억할 수 있고, 훗날 온라인 책 모임을 즐기게 되는 날이 온다면 좋은 추억이 된다.

2장

책 모임에 활력을 주는 프로그램

책 모임이라고 해서 책으로만 소통한다고 생각하면 오해다. 모임을 오래 유지하고자 한다면 책과 접점이 있는 다양한 문화를 찾는 편이 좋다. 책과 연관되지 않은 프로그램도 모임 자체에 힘을 북돋는다. 책 모임의 우선순위는 사람이고, 책은 그다음이다. 그렇기에 사람과 사람을 더욱 힘 있게 연결해주는 번외 프로그램이 있다면 주저 없이 시행하길 권한다. 이에 더해 어린이와 청소년 책 모임을 기획해도 좋다. 성인들의 책 모임이 자녀들의 책 모임으로 이어지면, 부모의 책 모임 역시 더욱 힘을 받고, 자녀들에게는 독서와 새로운 관계 형성의 기회가 주어진다. 책 모임에 활력을 주는 프로그램에는 무엇이 있으며, 어린이와 청소년 책 모임을 만드는 방법은 무엇인지 알아보자.

01 후기를 쓰는
책 모임

　　회원들은 오랫동안 참여할 수 있는 책 모임을 바란다. 잘 운영되던 모임도 어찌어찌하다 보면 해체 위기가 온다. 어느 순간 시들한 분위기로 바뀌었을 때 이를 처음처럼 되돌리기란 쉽지 않다. 책 모임 운영자나 회원들이 장수하는 책 모임을 만들 방법을 궁금해하는 건 당연하다. 평생 친구처럼 지속할 수 있는 책 모임이 있다면 얼마나 좋을까? 이때 후기 쓰기를 하면 모임을 꾸준하게 지속시킬 수 있다.

　아무리 인상 깊게 읽은 책이라도 발췌나 단상을 기록하

지 않으면 기억 속에서 흩어지듯이 책 모임도 그와 비슷하다. 참여자들의 풍성한 발언을 듣고 가슴속에서부터 벅찬 감동을 받았어도 그게 영원하진 않다. 그 감동을 안고 앞으로 빠지는 일 없이 꼭 참석해야겠다고 다짐해도 이런 저런 일상에 젖어들면 희미해진다. 여행 갈 때를 생각해보자. 사진으로 기록해두지 않으면 좋은 풍경도 기억 속에서 옅어진다. 책 모임을 소중히 기억하기 위한 노력 중 하나가 바로 후기 쓰다. 카페나 단체 대화방에 남기는 책 모임 후기 기록의 장점을 세 가지로 정리했다.

첫째, 참여율을 높여준다. 책 모임은 좋아서 참여하는 활동이다. 재미있다는 건 반가운 신호인데 그것만으로는 부족하다. 회원 중 오늘 하루쯤 빠지고 싶은 사람이 있다고 가정해보자. 딱 한 번이라고 생각하고 "오늘은 참석 어렵습니다"라고 연락했는데 또 다른 사정이 생기면 쉽게 두 번이 되기도 한다. 2주 간격 모임에서 한 번 결석하면 한 달 만에 만나게 되는데 쉬는 시간이 길어질수록 즐겁게 토론했던 기억이 사라진다. 이때 후기 쓰기가 있으면 약해지는 마음을 잡아준다. 참여하지 못해 안타까웠던 차에 책 모임에서 어떤 이야기가 오갔는지 기록을 보면 가지 못한 아쉬움이 커지게 마련이다. 오프라인 모임이든 온라인 모임이든 후기 쓰기는 참여자의 소속감을 높여주므로 중요하다. 온라인 모임에서는 직접 만나지 않으므로 생생한 기록을 남기는 후기의 역할이 더욱 커진다.

둘째, 후기는 보통 혼자 남기지 않고 돌아가면서 쓰기 때문에 책임감을 높여준다. 회원들은 자기 차례를 염두에 두고 다이어리에 기록하기도 한다. 자신이 쓸 차례가 언제인지 기억하려는 소소한 노력도 소속감을 높여준다. 쓰는 시기와 후기의 분량과 완성도까지 고민하게 되기 때문이다. 이런 작은 고민들이 적당한 부담감과 긴장감을 주어, 책 모임도 일상의 일부가 되기 시작한다. 후기를 다쓰고 나서 회원들에게 공유할 때는 힘들었던 만큼 뿌듯함을 느끼게 된다. 단체 대화방이나 SNS 공간을 이용해서 글을 올리면 토론할 때 느꼈던 감정이 되살아난다. 후기를 읽는 사람에게도 같은 에너지가 전달된다.

셋째, 모임 후기 작성은 토론 내용을 기억하게 해준다.

다양한 발언이 나오면서 풍성한 토론이 이루어졌다 해도 시간이 흐를수록 흐릿해진다. 후기가 있다면 다시 들여다 보면서 그날 어떤 이야기가 오갔는지 기억이 되살아난다. 후기 작성과 모임 인증 사진을 온라인 카페에 옮겨놓으면 모임의 역사가 기록된다. 후기는 모임을 단단하게 유지시 켜준다.

무료 모임이라면 후기는 보통 회원들이 한 명씩 돌아가 면서 쓴다. 후기를 맡은 회원은 대화를 기록하느라 토론 에 집중하기 어렵다. 줌에서 화상 채팅으로 책 모임을 한 다면 이러한 애로를 덜어줄 방법이 있다. 회원들이 별점 과 소감을 채팅창에 각자 남기면 된다. 정리하는 사람은 토론이 종료된 후 채팅창에 있는 글을 복사해서 옮기면 훨씬 편리하다. 토론 시간이 부족해 사람들의 의견을 다 듣기 어려울 때도 채팅창에 남겨달라고 요청하면 좀 더 많은 이의 발언을 모을 수 있다.

후기를 작성하기로 했다면, 모임 시작 전에 누가 작성 자인지 언급하기로 한다. 토론하기 전 다소 어수선한 분위기를 환기해준다. 또한 만약 토론할 책과 일정이 미리 정해졌다면 작성자도 같이 정한다. 가령, 1년간 한 달에 1회 진행되는 책 모임이라면 후기 작성자도 열두 명을 뽑아놓는다. 기준은 여러 가지다. 토론서 중 마음에 드는 책을 골라서 자신의 후기 작성일로 정할 수 있고, 개인 일정과 겹치지 않는 날을 골라도 좋다. 후기 작성자를 미리 정하는 활동은 책 모임을 더 기억하게 해주고 소속감을 강화해주는 데에 큰 도움이 된다.

02 낭독하고 독서에서 일탈하는 책 모임

모임이 오랫동안 지속된다면 얼마나 좋을까? 온라인 만남은 장소나 시간의 제약을 덜 받고 접근성이 높다. 최근에는 작가 강연도 온라인으로 진행되다 보니 먼 지역에서의 강연도 신청하면 들을 수 있다. 이러한 장점도 있는 반면, 참여율이 점차 저조해지는 등 분위기가 느슨해질 수 있으니 적절한 이벤트가 필요하다. 거창한 이벤트일 필요는 없다. 부담이 적으면서도 회원들의 참여 욕구를 이끌어낼 수 있으면 좋다. 몇 가지 제안해보면 다음과 같다.

첫째, 낭독을 해보자. 현재 읽고 있거나 함께 읽을 책을 매일 낭독해보는 것이다. 초등학교 자녀를 둔 회원들의 모임이었던 '북돋움'은 낭독 모임을 열었다. 각자 읽고 있는 책의 인상 깊은 문장 혹은 한 페이지 전체를 낭독했다. 때로는 시를, 때로는 셰익스피어 희곡을 낭독하기도 했다. 눈으로뿐 아니라 입으로 귀로 읽는 입체적인 이 독서 방법은 운영자가 낸 아이디어였다. 회원들은 자신의 목소리가 듣기 어색하다고 쑥스러워했지만 이내 조용한 곳에서 낭독하거나, 배경 음악이 깔린 낭독 파일을 올렸다. 방법은 각자 읽을 분량을 정해 낭독하고 스마트폰의 녹음 기능을 활용하여 SNS에 올리는 것이다. 처음에는 다들 손사래를 치고, 누군가는 녹음된 자기 목소리를 어색해했다. 하지만 한둘씩 그렇게 낭독을 올리는 회원들이 생기자 다른 회원들도 자연스럽게 동참하게 되었다. 그렇게 서로의 목소리를 통해 전해지는 책의 여러 장면은 책을 읽게 만드는 원동력이 되었고, 처음에 어색해하며 주저했던 태도는 사라지고 즐거워했다. 낭독은 누군가에게 들려주기 위해서라는 의미도 있지만, 그에 앞서 내가 읽은 책을 정리해본다는 점에서도 좋다. 소리 내어 읽으면서 내가 놓쳤던 여러 문장을 다시 만나게 되므로 자연스럽게 되새김질을 하게 된다.

둘째, 책에서 일탈하는 이벤트를 해보자. 6년 차 책 모임 '북아띠' 운영자는 코로나19로 인해 책 모임에 참여하지 못하는 날이 많아지자, 회원들과 함께하는 이벤트를 해보았다. 오랫동안 이어온 책 모임인데 만나지 못하는 날이 많아지자 점차 책에서 멀어지는 자신을 발견했다고 한다. 온라인으로 토론을 이어갔지만, 예전의 활기를 느끼지 못했다. 고민 끝에 운영자는 '방구석 벼룩시장'을 진행했다. 언젠가 중고로 팔아야겠다고 생각한 책들을 회원들에게 열어 보인 것이다. 운영자의 벼룩시장은 회원들의 열띤 반응으로 이어졌고, 이후 다른 회원들도 각자의 마켓을 온라인으로 열었다. 월 두 번씩 하던 책 모임을 한 번은 책 토론으로 다른 한 번은 마켓으로 진행하면서 회원들은 다시 활력을 찾고 즐거움을 나누게 되었다. 특히 벼룩시장에 나온 한 회원의 노트는 다른 참여자들의 큰 관심을 불러 모았다. 상품명은 '필사하기 딱 좋은 노트'

였다. 이 노트는 엄밀히 진짜 상품은 아니었다. 이 상품을 만든 회원이 자기 노트에 필사를 하면, 다른 회원이 그다음 분량을 이어서 필사하는 것이었다. '필사 이어달리기'인 셈이다. 이 상품의 목표는 각자의 노트 한 권을 모두 채우는 것이었다. 노트 한 권을 누가 먼저 채우느냐가 관건이었기에 필사문은 날마다 늘어갔다. 자기 몫의 필사를 마치고 바통을 건네는 방식은 간단했다. ① 책에서 필사할 구절을 찾아 그 문장을 노트에 옮겨 적는다. 이때 자신만의 필기구를 준비한다. ② 필사한 부분을 사진으로 찍는다. ③ 단체 대화방에 공유한다. ④ 뒷주자를 지목한다.

책과 상관없을 법한 번외 프로그램인 벼룩시장이 결국 깊은 독서 방법인 필사로 이어진 재미있는 사례다.

셋째, 매월 한 번은 음식과 함께하는 온라인 모임을 진행해보자. 만나지는 못하지만 내가 먹을 음식이나 선보이고 싶은 음식을 준비해서 온라인으로 만난다. 온라인 포틀럭 파티라고 불러도 된다. 밤에 모이는 올빼미 모임을 온라인으로 하면서 차를 마시거나 음료수를 들고 모니터 앞에 마주 앉아 건배하는 시간도 늘고 있다. 방을 파티 룸

온라인 책 모임 잘하는 법

으로 꾸미고 회원들이 좋아할 만한 장식을 하면서 먹기도 한다. 읽고 있는 책이나 좋아하는 음악, 최근에 본 영화를 소개해본다. 서로에게 하고 싶은 질문을 해도 좋고, 각자의 사진을 올려서 하나의 앨범으로 만들어 화면에 공유해도 재미있다. 책을 뛰어넘어 서로의 일상을 공유하면 물리적인 거리감도 줄어든다. '책꿈터'의 회원들 중 두 명은 외국으로 갔다. 오랫동안 얼굴을 못 보았지만, 최근에 온라인으로 이야기를 나누었다고 한다. 온라인이든 오프라인이든 책 모임은 서로를 이어주는 강력한 끈이 된다. 어디서나 가장 중요한 점은 깊이 있는 소통과 즐거움을 나누고자 하는 마음이다.

온라인 책 모임에서
반응이 좋은 책

운영자가 토론 참여자들에게 발언해달라고 했는데, 소통이 잘 이뤄지지 않을 때가 있다. "발언해주실 분 있으실까요? ○○님에게 부탁드려도 될까요?" 이런 말이 여러 번 나오면 진행자와 참여자 모두 위축된다. 화면을 통해서 서로의 얼굴을 쳐다보면서 민망한 시간을 갖기도 한다. 반응이 좋은 책을 선정하면 훨씬 낫다. 회원들은 각자 다른 사람들의 생각은 어떤지 듣고 싶어 하고, 자기 생각을 표현하고도 싶어 한다. 잘 고른 선정 도서는 어둠 속을 헤쳐 나가게 해주는 등불이랄까. 인터넷 모임이라는 환경이 낯설어도 이야기하고 싶은 책을 만나면 적극적으로 참여하려고 노력한다. 온라인 책모임에서 반응이 좋은 책을 고르기 위해서 진행자가 신경 써야 할 점이 몇 가지 있다.

첫째, 후보 도서를 고를 때 어떤 이야깃거리를 만들 수 있는지 주제를 미리 뽑아본다. 이때 완벽하게 하려 하지 말고 메모 형식으로 간단히 적어보면 된다. 예를 들어, 김희경의 『이상한 정상가족』(동아시아, 2017)은 아동 인권 문제와 정상가족 이데올로기를 다룬 작품이다. 토론 주제로 '미혼모가 양육을 선택하지 못하고 아이를 버리는 이유', '한국의 가족주의', '부모에 의한 자녀 살해가 지속되는 이유', '자녀 체벌 금지법 제정'과 같이 자유롭게 뽑아볼 수 있다. 뉴스에서 자주 접하는 문제이기에 많은 사람이 관심을 두고 있는 이슈다. 이런 과정 없이 책을 선정하면 토론 주제를 준비하면서 당황하는 일이 생기기도 한다. 좋다고 생각해서 선정했는데 토론할 거리가 없다는 걸 뒤늦게 발견하는 것이다. 도서를 선정할 때 단어 몇 개를 사용해 토론 주제를 적어보기만 해도 막연했던 내용이 구체적으로 드러난다.

둘째, 인터넷 서점에 들어가 후보 도서별로 사람들의 관심도를 확인한다. 서점마다 책의 상세 페이지에 들어가보면 책 별점, 회원 리뷰 수, 판매 지수, 분야별 순위가 공개돼 있다. 이 수치를 보면 독자들의 반응을 알게 된다. 『이상한 정상가족』은 책 모임 도서로 선정됐을 당시 인터넷 서점 예스24에서 회원 리뷰 수 93개, 평균 별점 9.3, 국내 도서 톱100 3주, 사회비평 분야에서 32위를 기록했다. 물론 신간 서적은 어느 정도 정보가 쌓일 때까지 더 지켜봐야 하므로 이런 검증 과정을 거친 책을 선택하고 싶다면 출간된 지 1년 이상 지난 작품 중에서 고르면 좋다.

셋째, 인터넷 서점 리뷰나 블로그에서 사람들이 후기를 어떻게 남겼는지 읽는다. 책 모임 전 SNS 공간을 통해서 토론에서 나올 만한 발언을 예측하는 방법이다. 『이상한 정상가족』의 경우, 리뷰 읽기를 통해 진행자는 아이를 소유물로 보는 부모의 생각 때문에 아동 학대가 발생한다는 사실, 자녀 체벌 금지법이 필요한 이유, 아이를 바라보는 부모의 시각, 폭력에 관대한 한국 사회의 정서 등에 관해 사람들이 이야기하고 싶어 한다는 걸 확인할 수 있다.

넷째, 호불호가 나뉘는 도서도 토론 모임의 장을 뜨겁게 만든다. 김누리 작가의 『우리의 불행은 당연하지 않습니다』(해냄, 2020)가 그 예다. 이 책은 과거 청산, 민주주의, 불평등 사회, 통일 국가를 거론하고 있다. "우린 지금 이상한 나라에 살고 있다"라는 문장으로 시작되는 이 책은 복지와 통일의 나라로 독일을 들고 우리나라와 비교한다. 평소 관심 갖지 못한 분야에 대해 저자의 생각을 듣고 한국형 불행에 공감하는 이들도 있지만, 환경이 다른 독일과 비교하면서 불행이 커져가고 있다고 무리하게 주장을 전개한다는 의견도 있었다.

책에서 낯선 주장을 발견하거나 여러 갈래로 의견이 나뉠 때 사람들은 다른 사람과 토론하는 재미를 느낀다. 비문학에서 토론서를 선택한다면 다양한 의견을 도출해내는 유현준의 『도시는 무엇으로 사는가』(을유문화사, 2015) 같은 작품을 선택한다. 유현준의 경우 동영상으로 강의한 내용이 인터넷에 많이 올라와 있어서 저자의 주장에 좀 더 쉽게 접근할 수 있다. 『도시는 무엇으로 사는가』의 경우 책에 언급된 사례가 사실인지 조목조목 짚어가며 확인하거나, 지은이와는 다른 관점으로 의견을 발표하는 칼럼도 많다. 모임 전에 동영상이나 칼럼, 사실 확인 자료를 회원들과 공유하면 토론이 더 흥미롭게 진행된다. 소설 분야에서는 김금희의 『경애의 마음』(창비, 2018), 위화의 『허삼관 매혈기』(푸른숲, 2007), 제롬 데이비드 샐린저의 『호밀밭의 파수꾼』(민음사, 2001), 루쉰의 『아Q정전』(창비, 2006) 등이 좋다. 이 작품들의 공통된 특징은 등장인물들의 생각과 행동을 두고 다양한 의견을 주고받을 수 있다는 점이다. 진행자가 어느 정도 준비하느냐에 따라 반응 좋은 책을 선정할 확률이 달라진다. 토론 주제를 미리 생각하고, 반응을 예측해보면서 건축물을 설계하듯이 하나씩 책을 점검해보자.

04 문화 예술 활동과
온라인 책 모임 연결하는 법

 우리는 앞에서 매너리즘에 빠진 책 모임
에 활력을 더하는 법으로 책과 상관없는 활동을 해보라
고 추천했다. 아무리 좋은 것이라도 반복하다 보면 식상
하게 느껴질 수 있다. 모임이 수년간 지속되었다면 더욱
그렇다. 모임을 지속하고 싶어 하는 회원들은 독서와 토
론 외에도 다양한 활동을 하고자 한다. 미술 작품을 감
상하거나 영화를 관람하고, 문학 기행을 가고도 싶어 한
다. 이는 자연스러운 현상이기도 하다. 예술 분야끼리는
접점이 생기게 마련이다. '책밥한끼' 모임 회원들은 『시

인 동주』(안소영, 창비, 2015)를 읽고 토론한 뒤 영화 〈동주〉(2016)를 함께 보고 토론했다. 같은 인물을 책과 영화에서 다루는 방식이 다르고, 각 매체가 시대적 배경을 어느 정도로 다루는지도 차이가 있다. 이러한 활동은 '윤동주 문학관'으로의 기행으로 이어졌다. 회원들은 하나같이 만족했다.

온라인 책 모임은 조율해야 할 점이 적어 접근이 쉬운 반면, 영화 감상과 문학 기행은 시간과 경비 등의 제한이 있다. 개개인의 일정을 맞추어야 하고 경비도 부담이 되지 않아야 한다. 또한 책 모임으로 파생된 문화 활동이니만큼 되도록 책과 연결되어야 모임의 본질적인 취지도 지킬 수 있다. 예를 들면 『반 고흐, 영혼의 편지』(위즈덤하우스, 2017)를 읽고 고흐의 그림 전시회를 간다거나 그의 전기 영화 〈러빙 빈센트〉(2017)를 각자 본 뒤 모여서 토론해도 좋다. 꼭 책이 원작이 아니라도 좋다. 영화가 원작이고 책이 파생작인 경우도 무방하다. 영화를 관람한 뒤 책을 읽고 모여도 되니, 접근 방법을 유연하게 하면 더욱 모임이 다양해진다.

비대면 시대를 맞아, 공연과 전시 등이 온라인으로 개최되고 있다. 온라인 영상으로 문학관을 탐방하고 작가의 작품을 필사하고 낭송해볼 수 있다. 책밥한끼 모임 회원들은 김수영 탄생 100주년을 맞아 영상으로 문학관을 기행하고, 그의 시를 필사하고, 낭송과 시작詩作을 해보았다. 이 모든 활동을 줌으로 진행했다. 여기에 참여한 회원 중 한 명은 "필사한 시에 대해 회원들과 함께 이야기를 나눠서 좋았어요. 저는 평소 시가 어려웠거든요. 그런데 오늘 함께 이야기를 나누니 그냥 느껴지는 것 같아 좋았어요. 매일 시 필사를 해보고 싶어요"라며 소감을 전했다.

작가의 북토크에 참여하는 것도 책과 연관된 문화 활동 중 하나다. 그림책을 좋아하는 어느 책 모임 회원은 '온라인 요안나 콘세이요 라이브 북토크'에 참여했다. 마침 책 모임에서 이 그림 작가의 『잃어버린 영혼』(사계절, 2018) 토론을 하기로 한 것이다. 해외 작가의 라이브 북토크였지만 출판사에서 제공한 동시 통역으로 현장감은 여실히 전해졌다. 온라인이 아니었다면 폴란드 작가를 만날 기회가 거의 없을 터였기에 의미 깊은 북토크였다. 작가와의 만남에 참여한 뒤 진행된 책 모임에서 이 회원은 활력을 불어넣었다. 강연에서 들었던 작가의 집필 과정, 소재를 다루는 방식 등을 공유하자 다른 회원들도 흥미로워했다. 책과 관련된 문화 예술 활동은 이처럼 책 모임의 깊이를 더해주고 생기를 불어넣어준다. 국내 유명 작가도 인스타그램에서 매월 1회 책 모임을 실시간으로 하기도 하고, 한 베스트셀러 작가의 책 모임에는 2000여 명의 회원이 접속하기도 했다. 도서관이나 여러 기관에서 작가들의 온라인 강연을 주최하기도 하니, 의지만 있다면 다양한 작가를 만날 수 있는 시대가 되었다.

이외에 책과 연결하는 문화 예술 활동을 학습 모임으로 운영하는 이들도 있다. '아트살롱 북클럽'은 그림과 음악과 관련된 교양서를 한 달에 한 권 정해 4주 동안 읽고 책 모임을 한다. 책에 나오는 음악가의 생애와 작품의 일부를 매일 발췌한 뒤 단상을 SNS에 공유하고, 이에 대해 소통한다. 진행자는 예술가의 작품을 시청각 자료로 제공해 폭넓은 이해를 돕는다. '30일 클래식 듣기'는 진행자가 매일 클래식 한 곡을 추천하고 그 곡을 해석해준다. 이에 더해 작품과 음악가에 대한 에피소드를 소개한다. 참여자들은 매일 한 곡을 듣고, 단상을 써 음악을 글로 표현하는 연습을 한다. 이처럼 집에서도 충분히 문화 예술 활동을 할 수 있다는 점은 점차 인간의 삶에 깊이 파고드는 온라인 중심의 일상에서도 책 모임을 견고하게 이어가게 해주는 크나큰 힘이다.

온라인으로 그림책 모임도
가능할까?

그림책 열풍이 분 지는 꽤 오래되었다. 열풍이 불었다는 건 그림책을 어린아이만이 아니라 성인도 본다는 뜻이다. 여러 가지 이유가 있겠지만, 자녀에게 그림책을 읽어주다가 빠지기도 하고, 긴 글이 취향에 맞지 않거나 어렵게 느껴지는 독자는 시각적인 자극을 주는 그림과 감각적인 짧은 글로 이루어진 그림책을 더 친근하게 여기기도 한다. 그림책을 키워드로 한 다양한 성인서가 출간되는 것이 그 증거다.

그림책은 짧은 글과 그림으로 구성돼 있기에 얼핏 단순

해 보인다. 그림책 작가는 32쪽 내외의 짧은 분량 안에 하고 싶은 이야기를 모두 넣어야 한다. 압축적이고 상징적일 수밖에 없다. 제대로 읽지 않으면 그림책은 유치하게 느껴지고 어렵게 다가올 수도 있다. 그림책에서 다루는 주제는 다양하다. 사회적인 이슈부터 삶, 사랑, 죽음 등에 대한 철학적 사유를 다루기도 한다. 어른들의 그림책 모임이 필요한 이유가 바로 이것이다.

그렇다면, 그림책 모임을 온라인으로도 할 수 있을까? 물론 할 수 있다. 코로나19 이전에도 그림책 모임은 온라인으로 진행된 사례가 많다. 다만 당시에는 줌이라는 화상 채팅 플랫폼이 없었기에 카카오톡 같은 메신저로 소통했다. 단체 대화방 안에서 섬세하게 이야기할 수 있었다. 그림책의 그림을 사진으로 찍어 공유하며 자신이 어떤 부분을 말하는지 정확하게 표현했다. 물론 해상도나 화질에 따라 색감은 조금씩 달랐기에 종이책으로 함께 보는 것만은 못했지만 의견을 나누는 데에 큰 문제점은 없었다.

이제 화상 채팅이 일반화되었다. 이러한 시대에 온라인 그림책 모임은 어떻게 해야 할까? 이 지면에서는 '어른도 그림책'이라는 모임을 예로 들어, 줌으로 하는 모임법을 소개한다.

가장 먼저, 그림책은 각자 미리 읽고 참여한다. 토론하기 전 다 함께 읽고 시작하는 것도 좋다. 진행자가 읽어줘도 좋지만 회원들이 돌아가면서 한두 페이지씩 읽으면 더 흥미로워한다. 소리 내어 읽으면서 이미 적극적으로 참여하고 있기 때문이다. 어떤 회원은 동화 구연처럼 재미나게 읽기도 한다. 만약 그림책이 준비되지 않은 회원이 있다면 다른 이가 읽어주면 되지만 대체로 그런 경우는 없다. 6년간 이어온 '어른도 그림책' 모임에서도 책 없이 참여한 회원이 없었다. 주의해야 할 점은 그림책을 전체 사진으로 찍거나 스캔해서 공유해서는 안 된다는 것이다. 저작권법에 위배된다.

둘째, 그림책을 읽은 소감을 들어본다. 토론 전 소감과 토론 후 소감으로 나누고, 두 가지 모두 말하는 것을 원칙으로 한다. 다른 책도 그렇지만 그림책은 특히 토론 과정에서 생각이 변화되는 회원이 많다. 토론 후에 별점이 상승하기도 하고 토론 전에는 무심했던 마음이 후에는 깊어지기도 한다. '어른도 그림책'에 참여한 한 회원은 토론 전 『서부 시대』(페터 엘리오트 글, 키티 크라우더 그림, 논장, 2020)에 대한 별점을 5점 만점에 3.5점을 줬다. 그녀는 "보는 내내 답답했어요. 자리를 뺏겼는데도 어찌 모두 그리 유한지, 그 질서를 도대체 누가 만들었는지 이해되지 않았어요"라며 약간 격양된 목소리로 소감을 말했다. 토론이 마무리될 쯤 그 회원은 "처음엔 뭐 이래였는데, 지금은 확장해서 현 시대를 그림책으로 풀고 있구나 싶어 감탄하게 되네요. 그림책 모임에 참여하지 않았다면 귀한 책을 놓칠 뻔했어요"라고 말하며, 4.5점으로 소감을 바꾸었다.

셋째, 그림에 관한 소통은 빼놓지 않는다. 이야기 나누고 싶은 그림 부분을 화면으로 모두에게 보여준다. 줌으로 화상 모임을 할 때, 가상 배경을 사용하면 간혹 참여자가 그림을 공유해도 잘 보이지 않는 경우가 있다. 이럴 땐 진행자 또는 가상 배경을 사용하지 않는 참여자가 그 부분의 그림을 화면에 보여주거나 공유하도록 한다. 부득이 화상 참여가 어렵다면 채팅창을 통해 참여하도록 한다.

채팅창은 화상으로 참여하지 못하는 회원뿐 아니라 추가 의견을 남기고 싶은 참여자에게 유용하다. 이렇게 하면 정해진 시간 내에 더 많은 의견을 들을 수 있고, 참여자들도 마음껏 발언할 수 있기 때문에 만족도가 높아진다.

많은 독서가가 온라인 그림책 토론에 참여한 뒤 큰 만족감을 표한다. "별 감흥 없이 읽었던 싱거운 책이었거든요. 이 짧은 그림책에서 무슨 이야기를 할까 했는데, 그것도 온라인으로 가능하다니 신세계였어요"라는 사람도 있고, "온라인 토론 추천해주신 분 말이 '그날이 기다려진다' 하셨는데, 온라인으로 그림책 토론이 가능하다는 게 정말 놀랍고 감사하네요"라고도 한다. 그림책 모임, 온라인으로 충분히 가능하다. 토론 도서를 선정할 때 분야의 폭을 넓혀보자. 모임 내용도 다양해지고, 회원들의 만족도도 올라간다.

06 어린이 온라인 책 모임
운영하는 방법

온라인 책 모임은 성인만 하지는 않는다. 어린이도 충분히 할 수 있다. 운영을 성인이 하는 경우가 많을 따름이다. 다만 부모가 오프라인 책 모임에 비해 온라인 모임을 꺼리는 경향을 보인다. 이미 아이들이 게임이나 유튜브 등에 시간을 많이 빼앗기고 있기 때문에 책 모임까지 온라인으로 한다고 하면 먼저 걱정부터 한다. 이런 우려와 달리, 온라인으로 책 모임을 하면 아이들의 결석률이 현저히 낮아진다. 오프라인 모임에 비해 참여 과정이나 운영 규칙이 유연하기 때문이다. 오프라인 모임은 이동의 문제로 인해 부모와의 긴밀한 연락이 필수이지만, 온라인 모임은 어린이들 스스로도 준비해 참여할 수 있다.

더욱이 코로나19 상황이 장기화되면서 도서관이 폐쇄적으로 운영되고 어린이들이 참여할 수 있는 오프라인 모임이 거의 없어지다시피 했다. 기존의 오프라인 모임은 참여 규칙만 정확하게 지켜나간다면 어린이들에게 굉장히 유익하기에 안타까운 일이다. 학교와 학원을 벗어나 활동하기 쉽지 않은 어린이에게는 더 많은 만남의 기회가 생기고 다양한 소통 방법을 배울 수 있기 때문이다. 온라인 모임은 그래서 좋은 차안이 된다. 보호자 없이 이동하기 어려운 어린이도 집에서 혼자 참여할 수 있으니 오히려 대상이 폭넓어진다. 더욱이 이제 온라인 프로그램은 보편화되었다. 학교 수업도 E학습이라고 하여 온라인 수업의 비중이 높지 않은가.

만약 어린이 온라인 책 모임을 기획하고 있는 성인이 있다면 운영 방법을 깊이 고민할 필요가 있다. 가장 먼저, 화상 채팅 프로그램 사용법과 참여 방법에 대한 자세한

온라인 책 모임 잘하는 법

안내가 필요하다. 한 도서관에서는 온라인 화상 프로그램으로 책 모임을 진행하기 전에 오리엔테이션을 진행했다. 오리엔테이션을 통해 참여자들의 관심을 높이고 접속 환경을 점검하기도 한다. 이렇게 예행연습을 해도 당일에 접속하기 어려워하는 이도 있지만, 미리 준비하면 모임의 중요성을 상기하는 효과가 있어 참여도를 높이게 된다.

둘째, 모임 규칙을 운영자인 성인과 아이들이 함께 만들어보면 좋다. 가령, 학교 온라인 수업에서는 아이들의 집중도를 고려하여 토론 시간을 5분씩 줄여 진행하기도 하는데, 이에 맞추어 책 모임도 그대로 해보면 어떨까. 스스로 만든 모임 규칙은 쉽게 깨지 않는다. 토요일 오전에 진행되는 한 책 모임의 어린이들은 이런 규칙을 만들었고 잘 지켜나가고 있다.

- 미리 책을 준비하고 읽는다.
- 책 모임 중에는 물 외의 간식을 먹지 않는다.
- 미리 5분 전에는 준비한다.
- 자료와 필기구는 스스로 챙긴다.

- 토론 중 다른 사람이 말할 때는 음소거를 한다.

- 비디오를 켜고 참여한다.

- 미리 화장실에 다녀온다.

- 책에 대한 나와 다른 의견은 틀린 게 아니라 다를 뿐이라고 생각한다.

- 참여하지 못하게 되면 모임 전에 미리 말한다.

이 모임의 어린이들은 매월 1회 모일 뿐이지만 하나같이 참여 열의가 높다. 오프라인 모임보다 지각이나 결석이 적은 편이다. 아이들의 집중도를 고려하여 쉬는 시간을 적절히 배치하고, 발언의 기회를 고르게 주어 적극적인 참여를 유도한다면 그 모임의 수명은 길어진다.

셋째, 토론 외의 다양한 방법으로 흥미와 참여를 이끌어내면 좋다. 모임 시작 전 대기 시간이나 휴식 시간은 성인의 책 모임에서와 같이 여러 방법으로 활용할 수 있다. 관련 영상을 화면 공유 기능으로 다 함께 볼 수 있고, 책을 구하지 못한 이들을 위해 낭독해줄 수도 있다. 책 이야기를 하면서 간단한 퀴즈를 만들어 풀어봐도 재미있고,

별도의 낭독 모임도 만들 수 있다. 낭독 모임은 책과 기간을 정하고, 매일 읽을 분량도 정해서 날마다 공유하는 것이다. 어느 어린이 그림책 모임에서는 낭독극을 진행했다. 송미경 작가의 희곡 『돌 씹어 먹는 아이』(문학동네, 2019)를 함께 읽고 각자 역할을 맡아 온라인상에서 낭독극을 했다. 운영자가 중심이 되어 어떤 역할을 맡을지 오디션을 본 뒤 배역을 정했고, 프로그램의 녹화 기능을 이용하거나 스마트폰의 동영상 촬영으로 낭독극을 기록해 둔 뒤 다 함께 다시 보았다. 어린이 회원들은 모두 즐거워했다.

온라인으로 글쓰기 모임도 할 수 있다. 운영자는 밴드나 카페, 카카오톡 등을 통해 글쓰기를 공유하고, 어린이는 글감에 맞춰 자신의 생각을 글로 쓴다. 이런 모임은 글쓰기 욕구를 충족하면서 다양한 친구와 만나는 창구가 된다. 아이들의 창의력과 아이디어는 대단해서 글을 보는 부모도 깜짝 놀란다. '30일 동시 쓰기'도 어린이들이 재미있게 참여하는 모임이다. 동일한 제목이나 소재를 가지고 자신만의 동시를 써보는 방법이다. '이야기 이어 쓰기'도

즐겁게 참여할 수 있는 모임이다. 첫 번째 주자가 몇 줄을 쓰면 그다음 주자가 맥락을 연결해서 쓰는 방법이다. 어떤 결론이 날지 모르기 때문에 아이들이 모두 흥미진진한 마음으로 참여한다.

어린이 모임을 진행할 때 가장 중요하게 볼 부분은 무엇인가? 잘하는 누군가에게 집중되지 않도록 진행자가 관심을 고루 가져야 한다. 어린이 책 모임은 참여하는 어린이들에게 어떤 영향을 줄지 진지한 고민이 선행되어야 한다. 성인 못지않게 어린이도 자기만의 이야기를 말하고 쓸 공간이 필요하다. 이러한 표현 욕구가 공평하게 채워져야 지속적인 참여를 끌어낼 수 있다. 아이들이 유트브나 SNS에 빠질까 걱정하지 않아도 된다. 바른 사용 방법을 알려준다면 성인만큼 건강하게 소통한다.

07 청소년 온라인 책 모임
만드는 방법

　　어린이 책 모임의 수명은 얼마나 될까? 열심히, 재미있게 독서 토론에 참여했던 어린이가 청소년이 돼서도 그 모임을 이어가면 좋겠지만 안타깝게도 현실은 그렇지 못하다. 도서관에서 청소년 프로그램을 기획해도 무산되는 일이 많다. 청소년들의 바쁜 일정 때문에 최소 인원도 모집이 되지 않아서다. 학교, 학원, 개인 교습 등을 소화해야 하니 책 모임은 후순위의 후순위가 된다. 청소년 프로그램을 강사들에게 제안했던 도서관 측에서는 모집 실패로 인해 사과하는 일이 많다.

학교도 마찬가지다. 학교에서 공식적으로 진행하는 프로그램이라고 하더라도 정규 수업 외의 활동에서 학생들은 도중에 나가버리는 일이 잦다. 코로나19 상황은 이렇게 바쁜 청소년들을 대상으로 한 책 모임을 만드는 데 기회가 되었다. 오프라인으로 진행되던 책 모임이 온라인으로 바뀐 것이다. 청소년을 대상으로 한 온라인 책 모임을 운영하고자 한다면 무엇을 고려해야 할까?

첫째, 청소년들이 얼마나 모일지는 '시간'이 중요하다. 온라인 공간은 장소에 제약이 없어 늦은 시간에라도 언제든지 참여할 수 있다. 온라인의 장점을 십분 발휘하면 청소년 온라인 책 모임을 만드는 데 어려움은 크지 않다. 운영자는 가장 먼저 청소년이 쉽게 참여할 수 있는 시간대가 언제인지 확인하는 게 중요하다.

많은 운영자와 청소년 프로그램 강사들이 오프라인에서 온라인으로 모임을 전환하면 반신반의한다. 특히 참여자와의 교감을 중시하는 사람일수록 더욱 그렇다. 다행히 운영자들의 반응은 긍정적인 방향으로 바뀌고 있다. 온라인으로 모임이 전환되면서 다양한 지역의 청소년이 같은 모임에 참여하고 있다. 시간도 유연하게 잡을 수 있기 때문에 청소년들의 일과가 종료된 늦은 시간에 편안하게 진행하는 경우가 많다. 대개 평일에는 밤 8시 30분이나 9시에 시작해 한 시간 30분을 기본으로 진행한다. 온라인 모임은 여행지에서도 참여할 수 있기 때문에 미리 자료를 준비해서 참여하기도 한다. 그러면 전체 분위기가 산만해지지 않을까 걱정하는 이들도 있지만, 모임 시작 전에 기본 예의와 모임 규칙을 안내하고 공유하면 흐름은 흐트러지지 않는다. 오프라인 모임만 고집했던 청소년들도 온라인 모임 후에는 큰 만족감을 표한다. 집에서 모일 수 있어서 너무 좋고 편하다는 것.

둘째, 만약 독서 시간을 따로 내기 힘든 청소년을 위한 모임을 만든다면 필사 모임으로 변주해본다. 청소년의 독서력은 시간이 흐를수록 차이가 난다. 중학생이 되면 갑자기 책을 손에서 놓기도 해 부모들은 고민이 깊어진다. 또 책만 읽고 토론에 부담을 느끼는 청소년들도 있다. 이런 유형의 청소년들은 필사를 하면 큰 도움을 얻는다. 청소년이 가장 힘들어하는 과목 중 하나는 역사와 사회다.

문학은 이야기이기 때문에 비교적 접근하는 데에 부담이 덜하지만 역사나 사회는 딱딱하고 따분하다는 생각이 들 수 있다. 필사는 그런 선입견을 극복하는 데 도움을 준다. 필사 모임 '청소년 정치사회필사'는 3년간 유지되었다. 온라인으로 필사 발췌문을 그대로 적고 자신의 생각을 나누는 모임이었는데, 참여하는 청소년들은 필사하면서 독서 훈련을 했고, 단상을 쓰면서 생각 정리 연습을 자연스럽게 하게 되었다. '아자! 프로젝트'라는 책 모임도 예로 들어볼 수 있다. 이 모임은 인문 고전을 함께 읽기 위해 결성되었다. 참여하는 청소년은 10명 내외이고, 매일 10쪽씩 60일 동안 『총 균 쇠』(재레드 다이아몬드, 문학사상사, 2005)를 읽고 있다. 온라인으로 진행하기에 매일 아침에서 저녁 사이에 인상 깊은 문장들을 적고 생각을 나눈다.

셋째, 갑작스럽게 모임을 제안해본다. 흔한 말로 '번개'다. 다양한 소셜미디어 채널을 활용하여 자신이 진행하고 싶은 청소년 모임을 안내할 수 있다. 생각보다 잘된다. '청소년번개토론'이 그 예다. 다양한 채널을 통해 참여자를 모으고, 해당 일자에 온라인 화상 프로그램으로 토론을 한다. 청소년들은 번개 모임이라는 특성상 부담 없이 참여한다.

청소년 모임은 생각보다 인생에서 큰 의미를 지닌다. 이 시기의 독서는 때로 삶의 방향에 큰 영향을 미치기도 하고, 독서를 통해 맺은 관계 역시 가치관에 영향을 끼친다. 많은 청소년이 실제로 온라인 모임에서 만나면 "오랫동안 이런 모임을 기다렸다"고 말한다. 청소년 책 모임 운영에는 부모의 관심이 선행되어야 하므로, 성인들의 책 모임에서 청소년 모임을 기획해 의견을 나누어보아도 좋겠다.

원고별 지은이

1부 _ 온라인 책 모임은 오프라인 책 모임과 같으면서 다르다_김민영 | 온라인 체질이 아니어도 괜찮다_김민영 | 책 모임 경험이 없어도 괜찮다_김민영 | 말주변이 없어도, 완벽주의 성향이어도 괜찮다_김민영 | 시니어라도 잘할 수 있다_류경희 | 독서 속도가 느려도, 독서량이 부족해도 괜찮다_김민영 | 컴퓨터 조작에 미숙해도 괜찮다_김민영 | 필요한 장비와 사용법_류경희 | 알아두면 유용한 온라인 회의 플랫폼들_김민영·이혜령 | 비디오형과 텍스트형으로 나뉠 때_김민영 | 온라인상의 소회의실은 언제 필요할까_류경희 | 화면으로 보이는 사생활 노출이 걱정될 때_오수민

2부 _ 회원 모집 방법과 적정 규모_김민영 | 온라인 책 모임 성격을 외부에 홍보하는 법_오수민 | 온라인 책 모임에서의 적절한 호칭법_오수민 | 온라인 책 모임의 운영 규칙_오수민 | 온라인 모임 자료와 모임방 링크 공유 시기_이혜령 | 침묵 또는 다변 사이에서 소통을 원활하게 하는 법_오수민 | 대기 시간을 활용하는 법_이혜령 | 회원들의 완독률이 떨어질 때 운영하는 법_이혜령 | 도서 분야별 토론 만족도를 높이는 법_김민영 | 의견 충돌이 일어날 때 조율하고 중재하는 법_김민영 | 온라인에서만 소극적인 회원을 대하는 법_류경희 | 채팅 화면 온오프를 반복하는 회원을 관리하는 법_류경희 | 쉬는 시간을 효율적으로 활용하는 법_류경희 | 공동 진행자 시스템을 활용하는 법_류경희 | 온라인 책 모임과 글쓰기 모임을 병행하는 법_김민영 | 사담과 토론의 균형을 맞추는 법_오수민

3부 _ 결석률이 높아질 때_이혜령 | 당일 불참 통보를 반복하는 회원이 있을 때_이혜령 | 유료 책 모임 진행자가 마음에 들지 않을 때_오수민 | 회원들의 친분으로 매너리즘에 빠질 때_이혜령 | 오프라인 모임으로 전환하는 시점이 고민될 때_류경희 | 온라인 책 모임을 참관하고 싶을 때_오수민 | 후기를 쓰는 책 모임_오수민 | 낭독하고 독서에서 일탈하는 책 모임_이혜령 | 온라인 책 모임에서 반응이 좋은 책_오수민 | 문화 예술 활동과 온라인 책 모임 연결하는 법_류경희 | 온라인으로 그림책 모임도 가능할까?_류경희 | 어린이 온라인 책 모임 운영하는 방법_이혜령 | 청소년 온라인 책 모임 만드는 방법_이혜령

참여자와 운영자를 위한 비대면 모임 노하우

온라인 책 모임 잘하는 법

2021년 6월 23일 1판 1쇄 발행
2021년 12월 24일 1판 2쇄 발행

지은이　김민영, 류경희, 오수민, 이혜령
펴낸이　한기호
책임편집 도은숙
편집　정안나, 유태선, 염경원, 김미향, 김민지, 강세윤
디자인　늦봄
마케팅　윤수연
경영지원 국순근
펴낸곳　북바이북
　　　　 출판등록 2009년 5월 12일 제313-2009-100호
　　　　 주소 121-839 서울시 마포구 서교동 484-1 삼성빌딩 A동 2층
　　　　 전화 02-336-5675 팩스 02-337-5347
　　　　 이메일 kpm@kpm21.co.kr
　　　　 홈페이지 www.kpm21.co.kr

ISBN 979-11-90812-20-7　(03800)

・북바이북은 한국출판마케팅연구소의 임프린트입니다.
・책값은 뒤표지에 있습니다.
・잘못된 책은 구입처에서 교환해드립니다.